狄更斯的圣诞故事
人生的战斗

[英] 查尔斯·狄更斯 著
陈漪 译

人民文学出版社

一个爱的故事

第一部

从前——在什么时候那无关紧要,在强大的英国——具体的地点也无关紧要,有过一场恶战,那是发生在青草随风拂动的一个漫长的夏日里。朵朵野花原是万能的上帝造来盛放朝露的馥郁的酒杯,这一天却感到鲜血灌进了它们一片片光泽的花瓣中间,它们往下垂着,仿佛受惊而畏缩。从无害的草叶沾了一身嫩绿色的昆虫,这一天它们又被垂死的人着上了颜色,担惊受怕地爬行着,一路上留下了怪诞的斑斑足迹。五彩缤纷的蝴蝶翅膀的边缘把鲜血带到空中,河水通红了。土地被践踏成一大片沼泽,这时候从印满了足迹和马蹄痕迹的阴沉的坑坑洼洼里,那随处可见的血红色还郁悒地朝着太阳闪烁着减弱下去的光。

平原上遍地是仰面朝天的一张张人脸,那些脸都曾经偎依在他们母亲的怀抱中,盯着母亲的眼睛,或者幸福地安睡着。遥远的土丘衬着天空呈现出一道黑线,月亮越过那道线朝上升,掠过树梢后显得朦胧了。它升上了天空,面对着那一张张脸。但愿上帝没让我们知道月亮在那片土地上究竟见到了些什么。风在白天吹过那片残酷交战、血流遍野的场地,夜晚又吹过那受苦受难、满地横尸的场地。对那被玷污了的风,后来究竟低声诉说些什么秘密,但愿上帝也没有让我们知道!孤单的月亮一夜又一夜地照亮了这战场,星星哀痛地不断守着它,来自大地各方的风一阵又一阵吹过这片土地,直到战斗的痕迹完全消失。

战斗的残迹隐匿和逗留了好长一段时间,不过只留下细小的遗迹。因为大自然是远远超过人类邪恶的情感的,不久它就恢复了安详,跟以往一样,对那片罪恶累累的战场又微笑了。

云雀在高空中歌唱，燕子来回飞翔，忽上忽下掠过；互相追逐的飞逝的云片投下影子，掠过草地，掠过小麦田，掠过萝卜田，掠过森林，又掠过在树丛中半隐半现的城镇，掠过那儿的平屋顶和教堂尖屋顶，一路飞去，最终隐没在远处的地平线上，那儿，落日在灿烂的晚霞中渐渐消失。谷田已经播上种，庄稼成熟了，也收割了；曾经给染得通红的那条河中，如今有一个水车在转动；男人们一边吹着口哨，一边在犁地；东一群西一群的人在静静地拾麦穗，晒干草，牛羊在牧场上吃草；男孩子们在田野上喊啊奔啊地把吓坏了的鸟儿赶走，从农舍烟囱里冒出来的烟袅袅上升，平和的安息日钟声响着；年老的人们活着，随后又死去；田间胆怯的生物、矮树丛和园子里的纯朴的花朵，在它们各自命定的时间内生长了，枯萎了，又消亡了。所有这一切都发生在那一片凶残血腥的战场上，在那次大战中，成千上万的人惨遭杀害。

在那片地上生长的谷物，它们起先常有深绿色的斑点，人们见了不禁毛骨悚然。后来，这种斑点年年出现；人们才知道在一处处膏腴的土地下面，乱七八糟地埋葬着一堆堆人和马的尸体，因此土壤肥沃，蚯蚓大而奇多，常把在那些地方犁地的农民们吓得畏畏缩缩；许多年来，他们把在那儿收割的禾捆一直称作"战地的禾捆"，给另外放开；而且从来没人见过在最后进仓的那批谷物中有"战地的禾捆"。

好久好久以后，每次犁地仍旧总要发现一些那次战斗留下的残迹。好久好久以后，在历经烽火的那片土地上，断干残枝的树木依然存在；在殊死搏斗的战场上仍然留着断篱残垣的碎片；在饱受蹂躏的土地上，连一片树叶也长不出来。好久好久以后，仍然没有一个乡村姑娘敢用长在那片死亡的田野上哪怕最最美丽的花朵来做她们发上或胸前的饰物；年复一年，过了好多好多年以后，人们仍然相信如果去摘那些长在那儿的浆果，他们手上就会沾上颜色异常深的污点。

然而，尽管时光的流逝像夏空云朵一样轻盈，随着冬去春来的不断的推移，连这一场古老战斗的残迹竟也给抹去了；时光使原留在战场附近居民心中那些传奇般的痕迹逐渐消失，终于人们只在严冬围着炉火取暖时才想起，还被认作荒诞无稽之谈，印象已经模糊，而且一年淡似一年。

在长着人们多年来仍不敢采摘的野花和浆果的那块土地上，如今已经开辟成花园，盖了房屋，孩子们在草地上玩着打仗的游戏。在那场战争中毁坏了的树木，早已在一年又一年的圣诞节被砍下充当燃料，闪烁着火光，呼呼地发出声音，烧尽了。在人们的记忆中，谷物上的那些深绿色斑点如今也不比那些长眠在地下的人更清新。用犁翻地时，至今有时还会掘出生锈的小金属块，但已无法断定它们从前的用途，于是这些纳闷的犁地的人就各执一词辩论了起来。有一件古老的、被压得凹下去的胸甲和一顶头盔，一直挂在礼拜堂里刷白了的拱门上空，许多年来那个半瞎的衰弱的老人就始终没法搞明白它们究竟是什么，他始终像个婴孩似的对它们感到诧异。假使在这块土地上遇害的战士们能复活那么一瞬间工夫，而且能按他们在各自惨遭杀戮的地点倒下时的形状复活过来，那么就会有千百个在死灰色的脸上满布刀创的士兵前前后后挨着，成群地挤在家家户户的门窗前,个个往屋里直瞪眼;他们也会从寂静的屋里那些炉膛里往上升去;也会变成被收进各谷仓的储备粮;也会突然出现在躺在摇篮中的婴孩和他的保姆中间;他们也会顺着河水漂流,在磨坊上旋转,拥进果园,又一窝蜂挤满了草场,又在堆干草垛的场子上堆满了高高的一堆堆垂死的人。可是,那次恶战中,在那儿死了成千上万人的那个战场所起的变化可真不小呀。

也许变得最触目的是一个小小的果园,有一幢古老的、用石板砌成的屋子,门廊上长满了忍冬草,那果园就在屋前。那是约一百年前的一个晴朗的秋晨,从果园里传来乐声和笑声,两个少女欢乐地在草地上跳舞，五六个农妇站在梯子上，正摘着苹果，她们都停下手来往下望着，分享着欢乐。这真是生气勃勃、愉快而自然的情景：美好的日子，幽静的环境，无忧无虑、无拘无束的两个少女正自由自在、尽情欢乐地跳着舞。

如果世间没有"炫耀"这类举动的话，那我们的生活该好多了，彼此相处得也愉快多了。这是我个人的见解，我希望你也有同感。望着这两个少女这样跳着舞，令人陶醉。除了站在梯子上的摘苹果的人之外，她们没有其他观众。能使这些人欢娱，她们是高兴的，但是她们跳舞是为了自娱，或者至少人们会以为是这样，而且人们会禁不住要赞美和钦慕，就像她们禁不住要跳舞一样。她们跳得多迷人啊！

她们不像歌剧中的舞星，根本不像，也不像某某夫人的得意门生，一点儿也不像。她们所跳的不是四对舞，也不是小步舞，连乡村舞都不是。既不属于老式的，又不时髦；也不是法国式或英国式的；不过出于偶然，带点儿西班牙风格。我听说西班牙的风格是轻松而欢乐，它那悦耳的曲调是从小响板的喳喳声中因即兴的灵感而产生的。她们在果园里的树林中跳着舞，一路跳到了光秃的矮树丛那儿，又跳了回来，互相使对方轻盈地转了又转，在阳光明媚的风光中，她们逍遥自在的舞姿所造成的效果，似乎向四处蔓延开去,就像水中不断扩展的圆圆的涟漪那样。她们那飘忽的头发和翩翩的衣裙,脚下那片有弹性的草地,在晨风中沙沙响的树枝,闪着光的树叶和它们投在柔软的青草地上的斑斑阴影,一路掠过这一片如画的景色的和风,兴高采烈地把远处的风车转动了——总之,在两个少女之间的一切,以及正在地脊上耕耘的一个男人和他们那一伙,由天空衬托着,显得仿佛是世间最后的一些东西,这一切似乎也全都在跳舞。

后来,跳着舞的两姐妹中的那个妹妹,上气不接下气地扑到一张长凳上坐下来休息,快活地笑着。那姐姐靠在附近一棵树上站着。这时，竖琴和小提琴合奏的音乐以华丽的乐段来结束，好像在卖弄这片清新的乐声似的。而实际上则是这支乐队再也不能继续奏原先的音乐了。刚才为了竭力跟舞蹈竞赛，那场快拍音乐已使所有的乐师紧张得再继续半分钟也不行了。接着梯子上摘苹果的妇女哼起了曲调，赞扬了一番，配合着那乐声，又转身像蜜蜂似的抓紧工作了。

她们也许工作得比蜜蜂更勤奋哩，因为正在这时候，从屋子里冲出一位老人，来看怎么回事，那老人不是别人，而正是杰德勒医生本人，他要知道哪个讨厌鬼在早餐前来到他的领地上大奏其乐。读者们须知道，这屋子和果园是属于杰德勒先生的，那两个少女是他的女儿。杰德勒先生是位大哲学家，他不太爱好音乐。

"在今天奏乐跳舞！"医生说了这么句话，又顿住了。他自忖："我原以为他们害怕今天这日子呢，不过这也不意外，因为这世界本来就充满种种矛盾的啊！"于是他接下去说："怎么啦，格雷丝，玛丽安，今天早上是不是世界格外疯狂了？"

"请你原谅，姑且容许一下吧，爸爸。"他的小女儿玛丽安走近他，盯视着他的脸说，"今天有人过生日呢。"

"有人过生日，我的小猫儿！"医生回答说，"你不知道天天都有人过生日吗？你难道从没听说过每分钟有多少新演员开始这个——哈,哈,哈——要一本正经谈这事可不容易——这个所谓'人生'的荒谬可笑的行当儿!"

"没有听说过,爸爸!"

"没有,你当然没听说过;你是个大姑娘了——几乎已经长大成人了。"他女儿美丽的脸蛋儿仍挨着他的脸,他凝视着她,说,"我想今天是你的生日吧?"

"你不这么想吧?你真的这么想吗,爸爸?"他的宝贝女儿喊了起来,她噘起了嘴唇要她爸爸吻。

"喏!收下在我吻里的爱。"说后他就吻了女儿,"祝你长寿!"同时他心想:"在这样一出趣剧中祝人家长寿这个主意可不错啊，哈！哈！哈！"

我刚才已说过，杰德勒医生是一位大哲学家，他的哲学的核心和神秘之处在于他把世事看作一场大恶作剧，是凡有理性的人所不能认真对待的荒谬绝伦的一回事。他的思想体系自始就是他栖身其上的那片战场的重要部分，关于这，你看下去马上就会明白的。

"好吧！可是你从哪儿搞来这个乐队的？"医生问道，"不用说是偷家禽的贼吧！那伙吹打手从哪儿来的？"

"乐队是艾尔弗雷德叫来的。"他女儿格雷丝说着伸手去整理她妹妹头发上几朵普通的花朵。半小时前,在赞美这位春青年华的美人儿时,她亲手用这些花朵装饰她妹妹的头发的,那场舞蹈把花朵给弄乱了。

"噢!乐队是艾尔弗雷德叫来的,对吗?"医生问道。

"是啊!他一早进城的时候,遇见这支乐队刚好出城来。这一班人是靠双腿旅行的,昨晚歇在城里,他想今天是玛丽安的生日,大概她会喜欢有个乐队。他用铅笔写了一张便条让乐队带来给我,说如果我同意他的想法,那么乐队就是来为玛丽安奏小夜曲的。"

"当然,当然,"医生漫不经心地说,"他总是听你的。"

"我是赞成的,"格雷丝愉快地说,说着她头朝后一仰,欣赏着经她一手装饰的她妹妹的头,"而玛丽安呢,高兴得不得了,跳起舞来,我也就跟着她一同跳。我们俩就这么按着艾尔弗雷德叫来的那乐队奏的节拍跳啊跳啊,一直跳到喘不过气来。因为乐队是艾尔弗雷德叫来的,我们觉得这音乐令人格外愉快。对吗,亲爱的玛丽安?"

"哦,我不知道,格雷丝。你又用艾尔弗雷德来作弄我啦。"

"提起你的心上人,是作弄你?"她的姐姐说。

"我很清楚我是不太愿意听到他的名字

的，"那固执的美人说，一边把她手中几朵花瓣剥下来，随手扔了一地，"我听得几乎腻味了；至于说到他是我的心上人——"

"嘘嘘，别说！对一颗真诚的心，又只属于你的心，别随便谈论，"她的姐姐嚷了起来，"就是开玩笑说说也不好，世间再没有比艾尔弗雷德更真诚的心了！"

"没有——没有，"玛丽安带着满不在乎的愉快的神态扬了扬眉毛说，"也许没有。我不懂这有什么了不起的价值。我——我并不要他那么真诚。我从没有向他要求过。如果他期望我——可是，亲爱的格雷丝，我们这会儿又为什么一定要谈他呢！"

这一对青春焕发、窈窕多姿的姐妹互相偎依着，在树丛中一边悠闲地徘徊，一边这么谈着话，她们一个态度诚挚，另一个却满不在乎的样子，但是互相都十分友爱。这情景见了令人畅快。然而奇怪的是，只见妹妹噙住满眶的泪水，深埋在她心底里的一股什么热流已冲垮她刚才那句话的固执的气质，她正竭力跟它苦苦斗争着。

　　她俩的年龄至多相差四岁，但是姐姐对妹妹照料得那么体贴入微，又坚定地热爱着她，她的一举一动使她显得似乎更年长些。这是因为医生的太太已故，两姐妹没有人照料，而凡是失去母亲，手足之间的情形往往就是如此。

于是自然而然地逐渐变得在一切事上姐姐决不与妹妹相竞争，也不参与妹妹的任性空想，除非是出于同情或真诚情感，以她们的年龄来说，这是不容易做到的。伟大的母性。即使是在它的阴影和微弱的反映中，也能洁净人心，而且把高尚的人性提升得跟天使更接近了！

医生看着她们，听着她们谈话的大致内容。起先，她们只引起他愉快地沉思着：一切爱情和喜爱是多么愚蠢，年轻人又如何无聊地自欺着，这些年轻人暂时还相信在那种空中楼阁中会有什么严肃的事，可后来总会醒悟过来——总是这样的呀！

格雷丝那宜家宜室的文静姿态，与长得更

美的妹妹相形之下，她那主妇类型的克己性格，和那可爱的气质更突出——和蔼谦让然而又非常坚忍刚毅。医生看到了这一切，想及人生竟是如此荒谬透顶，他不禁为她感到——为她俩都感到遗憾。

医生压根儿就没想到过要查问究竟他的两个女儿，或者其中任何一个，有没有插手使这个计划变得严肃起来。因为他原就是个哲学家嘛！

他生性厚道豁达，却偶然让那通常的智者的点金石绊住了。那要比炼金术士所研究的目标容易发现得多，这点金石有时就是会把厚道豁达的人绊倒，而且还具有不祥的特性，可以化金为土，变宝为废。

"不列颠！"医生嚷道，"不列颠！来！"

一个小个子从屋子里走出来，他长着一张神态不安分、特别叫人讨厌的脸，他不礼貌地应声道："怎么啦！"

"早餐的桌子在哪儿？"医生问。

"在屋子里。"不列颠答道。

"昨天晚上不是吩咐过你，今天早餐要安排在这儿外边吗？"医生说，"难道你不知道有客人要来？你也不知道早上马车来到之前，有事要办吗？今天的情形非常特殊，你不知道吗？"

"杰德勒先生，这些女人还在这儿摘苹果，

叫我怎么办事？"不列颠这么辩解着，嗓子愈提愈高，说到后来，简直在嚷嚷了。

"唔，现在摘完了没有？"医生说着看了看表又拍起手掌来，"喂！快点儿！克莱门希在哪儿？"

"我在这儿，老爷，"从一架梯子上传来这句话，同时一双粗笨的脚从梯子上轻快地走下来，"现在都摘好了。姑娘们，收拾干净。老爷，半分钟内一切都可悉听尊便了。"

说着她活跃地前后奔走收拾，模样是那么独特，我们应该来描述一下。她大概三十岁左右，虽然她那张相当胖的脸扭曲着，显得一副紧张的样子，看上去滑稽得很，然而还称得上颇令人愉快。但是她那特别不拘束的步态和举止，可以配上世上任何的脸蛋，如果说她的两条腿都是左腿，两条手臂都是别人的，并且四肢好像都脱了节那样，活动时都是从完全错了的部位开始，则是把实际的情况尽可能轻描淡写了。如果说她非常满足，对这一切也完全满意，根本认为与她无关，安于她四肢的状态，听任它们随意运用，则对于她那泰然自若的神态也是轻描淡写。她穿的是一双执拗的大鞋子，从来不服从她脚的指挥；一双蓝色的长筒袜子；一件杂色的印花的长衫，是用钱所能买来的最可怕的料子；再加上一条白围裙。她总是穿短袖衣服，而且经常不小心擦破手肘，她又非常关心，不断地要把手肘转过来看看，可又看不见。她通常总有一顶小帽子戴在头上，不过很少时候戴在一般人戴帽子的部位；然而从头到脚，处处干净，尽管部位错乱了，却保持着整洁。她竭力要使自己整洁，力避松松垮垮的模样，不仅要做到问心无愧，也要符合公众的看法，这种热切的心情令人钦佩，而且确实也引起了她的一项最惊人的发明之一，那就是有时她用一种木制把手来把自己支撑住（那是她的衣着的一部分，人们通常管它叫作"勒腰带"），就好像跟衣服扭斗，直到衣服被安排得匀称了才罢休。

　　克莱门希·纽康的外表和衣着就是这副模

样。人家说她糊里糊涂地把自己的教名克莱门丁拉误用为目前这名字，但是天晓得究竟是不是这样，因为她的聋母亲已经去世，她又什么亲戚也没有。（她的母亲是个典型的老人，在她几乎还是孩提时就开始由她奉养着。）这会儿她正忙着摆桌子，每过一会儿就站住，赤裸的泛红色的手臂交叉在胸前，一会儿双手又交替着抚摩擦破了的手肘，悠闲自若地一味瞪眼望着桌子，随后又忽然想起还缺样东西，转身磨磨蹭蹭走去拿。

"两位律师来啦！老爷！"克莱门希用不太亲善的口气通报了一声。

"呀！"医生嚷着朝门口走去迎接，"早上

好！早上好！格雷丝！我亲爱的！玛丽安！斯尼奇和克雷格斯两位先生来了。艾尔弗雷德上哪儿去了？"

"他马上就回来的，爸爸，就回来的，"格雷丝答道，"他今天早上要准备启程，事情多得很呢，天一亮就起身出去了。早上好，两位先生。"

"女士们！"斯尼奇先生说，"我和克雷格斯向你们问好！"克雷格斯先生鞠了一躬，于是斯尼奇先生又朝着玛丽安说，"早上好！小姐，我吻你的手。"说着就吻了，"我也祝愿你——"他心中可能有这样的愿望，也可能没有，因为他给人的头一眼印象不像是个会特地为别人激发很多热情的绅士,"长寿——!祝愿你再过一百个这样吉祥如意的生日!"

"哈,哈,哈!"医生若有所思地笑着,两手插在口袋里,"一出一百幕的大趣剧!"

"我相信,"斯尼奇先生说道,一边把一只蓝色小公事包靠着桌子的一条腿放下,"你怎么也不会为这位女演员把这出戏剧缩短吧,杰德勒医生。"

"不会,"医生回答说,"绝没这等事!但愿她一直活着去笑这趣剧,能笑多久就笑多久,然后再用法国的一句俏皮话说:'趣剧已终,落幕。'"

"杰德勒医生,法国这句俏皮话说得不对,"

斯尼奇先生边说边朝蓝色公事包里急速地看去，"你得相信我，你的人生观压根儿不对，这我已常常对你说过。人生真的没有一件正经事吗？你认为法律是什么？"

"是开玩笑。"医生说。

"你就从来没跟法律打过交道吗？"斯尼奇先生的眼睛又从蓝色公事包上转过来。

"从来没过。"医生答道。

"要是你跟法律打过交道，也许你就会改变主意的。"斯尼奇先生说。

克雷格斯似乎是让斯尼奇代表了自己，他似乎觉得自己只有很少或者没有单独的存在或个性；但是，这会儿他开口发表自己的意见了。

他这句话涉及他所认定的唯一与斯尼奇并非各分一半的见解,但在世间贤明人士中,是有着与他相同观点的人。

"它使许多事情变得实在太容易处理了。"克雷格斯先生说。

"法律吗?"医生问。

"是的,"克雷格斯先生说,"一切的事情都如此。我看如今一切都变得太容易了。这是现时代的丑恶。如果说世事是一场玩笑的话(我并不打算说它不是),那应该把它弄成棘手的玩笑才好。老兄,应该尽可能把它弄成一场最艰苦的斗争。这应该是目的啊,可是它给弄得实在过于容易了。我们是在给人生的一扇扇门上油。它们该是生了锈的。我们要使它们很快就带着一种顺耳的声音转动起来了。它们应该在自己的铰链上嘎嘎转的呀,老兄。"

克雷格斯先生发表这番高见时,他似乎确实是在自己的铰链上转动了。他赋予他自己这见解以巨大的影响——他是个冷静严厉的没趣的人,穿了一身又是灰又是白的衣服,像一块打火石;他的眼睛微微闪亮,好像让什么打出火花来似的。三个天然的王国①在辩论者的团体中倒确实各有奇形怪状的代表,因为斯尼奇活像一只喜鹊或乌鸦(只是光泽差一点),而

---

① 指动物界、植物界、矿物界。

医生呢,他长了一张满布皱纹的脸,好像冬季的苹果,又东一个西一个的小窝儿,像是鸟儿们在苹果上啄了以后留下的痕迹,他头后还有一根很小的发辫,可以算作苹果的梗子。

这时候,一个朝气蓬勃的漂亮男子轻快地走进园子来,一身旅行的服装,后面跟着一个脚夫提着几个包裹和篮筐;他那欢乐而有希望的神态同这一天早上的气氛正适合。那三位先生走拢来向他招呼。活像命运三女神的兄弟,又像伪装得很成功的希腊三女神,又像在灌木丛生的荒地上的三名古怪的先知。

"祝你长寿,艾尔弗雷德!"医生泰然地说。

"祝你长命百岁,希斯菲尔德先生!"斯

尼奇先生说着，深深鞠了个躬。

"长寿！"克雷格斯独个儿嗓音低沉地咕噜了一声。

"哟！这可是一组排炮啊！"艾尔弗雷德突然站住，嚷道，"一——二——三——对于我所面对的大海来说，这可都不是好兆头啊。幸亏我今天早晨最早碰见的不是你们，否则我就会认为是恶兆头啦。我今天早晨头一个碰见的是格雷丝，是可爱的快活的格雷丝。所以我现在向你们全体挑战！"

"对不起，先生，你知道头一个是我，"克莱门希·纽康说，"你该记得，日出之前她就在这外边散步的。在屋子里的是我呀！"

"不错，头一个是克莱门希，"艾尔弗雷德说，"所以我跟克莱门希一同向你们挑战！"

"哈，哈，哈——鄙人和克雷格斯认为，"斯尼奇说，"好一个挑战！"

"它也许不像表面上那样糟哩。"艾尔弗雷德说着，热切地跟医生握了手，也跟斯尼奇和克雷格斯握了手，然后回头望去，又说道，"在哪儿呀——老天！"

他猛地转过身去——这一转，使乔纳森·斯尼奇和托马斯·克雷格斯的合伙，暂时比协议中的条款所要达到的更为密切了。他转身走到两姐妹站在一起的地方。然而我不必特地细说他如何先招呼玛丽安后招呼格雷丝，只需在此暗示克雷格斯先生可能认为那样是"太容易"了。

也许是为了换一个话题，杰德勒医生匆匆向餐桌走去，大家接着都坐下了。格雷丝坐在女主人的位置上，但她安排自己的座位是经过一番周密考虑的，她有意把她的妹妹和艾尔弗雷德跟其他所有的人隔开。斯尼奇和克雷格斯坐在对面两个桌角旁，为了确保安全，那蓝色公事包就放在他们两人之间；医生坐在他惯坐的位置上，在格雷丝的对面。克莱门希在桌旁走动侍候，样子卖力得很；那忧郁的不列颠在另一张小一些的桌子旁，充当切牛肉和火腿的操刀人。

"要肉吗？"不列颠一手拿刀一手拿叉走近斯尼奇先生，像投射飞弹似的向他发问。

"要！"那律师回答。

"你呢，要吗？"不列颠问克雷格斯。

"要瘦的，烂的。"那先生回答。

不列颠执行了这些命令后，再递给医生适度的一份，他似乎知道没人再要什么吃的了。于是他尽可能合乎礼仪地挨近那个"合伙公司"徘徊着，用严厉的眼光看他们怎么处理那些肉块，只有一次放松他脸上严厉表情，那就是在克雷格斯用旺盛的气力嚷道："我还以为他已经走啦！"他的牙不太好，说话时几乎喉咙给闷住了。

"喂，艾尔弗雷德，"医生说，"趁大家在吃早餐这会儿，说一两句正经话吧。"

"趁大家在吃早餐，说吧。"斯尼奇和克雷格斯也说，他们似乎还不想离席呢。

虽然艾尔弗雷德始终不在吃早餐，而且似乎本来就已经够忙的了，他还是恭恭敬敬地回答了。

"遵命，老伯。"

"如果有什么可以正正经经的，"医生开始说，"在这样一幕——"

"这样一幕趣剧，老伯。"艾尔弗雷德给他提了一句。

"在这样一幕趣剧里，"医生说，"那也许

就是两人同一天的生日再次到来,又是在即将离别的时候。这个生日跟我们四个人有着许多愉快的联系,它还引起一段长时间亲昵交往的回忆。唉,可我并非要说这些呀!"

"啊,是的,是的,杰德勒医生。"那青年人说,"是要说这些。说得中肯至极!今天早上我的心就是见证。而且如果你让你的心说话,我知道你的心也会做证。我今天要离开你的家了。从此你不再是我的保护人了。我们离别了,带着我们这许多年来的亲爱的情谊离别了。这份情谊是永远不能由其他情谊来完全代替的。而且我们又要开始同其他人的关系了。"这时他望了一下身旁的玛丽安,"我有种种顾虑，我不敢现在就提起它们啊。"

"唉！唉！"他又说，这会儿他的情绪高涨，使得医生也振作起来了，"医生啊，在这一大堆愚蠢的尘土里是有正经的一粒的。今天让我们说吧，是有那么一粒！"

"今天！"医生嚷道，"听他说什么来着！哈，哈，哈！在愚蠢的一整年里，不提别的日子，偏偏就指定今天！怎么呀，以前就在这一天战斗在这块土地上发生的！就在我们这会儿坐着的、我今天早晨看见两个姑娘在上面跳舞的、又刚从这些树上采集了果子给我们吃的这块土地上！这些树根可不是插在泥土里的呀，是插在死人的身上的！——死了不少不少的人哪！我记得，在那场战争发生过几个世代以后，就在我们这脚底下掘出一座教堂墓地，那上面堆满了骸骨，还有骨灰，还有破裂了的脑壳碎片。然而在参加那场战争的人之中，知道自己为什么目标而战或者为什么要打这场仗的，断然数不上一百人；在欢乐的没有脑筋的得胜者中，知道自己究竟为什么而欢乐的，也数不上一百人；自己的状况因胜仗或败仗而好转的，数不上五十人。直到目前赞成那主义或功勋的，数不上半打；简而言之，除了为惨遭杀害者哀痛的人之外，对那场战争，谁也还弄不清楚是怎么回事，却把它也称作一本正经的事，竟然有这样的学说！"医生说着笑开了。

"可是这一切在我看来，"艾尔弗雷德说，"是很正经的。"

"正经的！"医生又嚷起来，"如果你认为这种事是一本正经的，那么你就得发疯，就得去死，就得爬到山顶当隐士去。"

"再说——那又是那么早以前的事。"艾尔弗雷德说。

"那么早以前！"医生反驳道，"你可知道那以后世人做了些什么吗？你可知道世人另外又做了些什么？我不知道！"

"世人向法律挨近了一点了。"斯尼奇先生说，一边搅动他的茶。

"可总是把出路安排得太容易了。"他的合

伙人说。

"医生,请你原谅我又要说了,"斯尼奇先生紧接着说,"在我们讨论过程中,我已经把我这意见提出千万次了。我说,就世人已经接触法律这一点,连同他们的法律系统而言,我确实看到了正经的一面——唔,真的,是一样有形的东西,而且还带有目的和企图——"

克莱门希·纽康猛地绊了一下,碰得桌上的杯盆咔嗒咔嗒响。

"嗨!你怎么搞的?"医生喝道。

"都怪这倒霉东西蓝公事包!"克莱门希说,"老绊人脚!"

"我刚才说带有目的和企图,"斯尼奇继续

说道,"是令人尊敬的目的和企图。人生是一场趣剧吗,杰德勒医生?有法律的人生,是趣剧吗?"

医生笑了,朝艾尔弗雷德望去。

"退一步,就算战争是愚蠢的,"斯尼奇说,"对于这一点,我们的意见一致。比方说吧,这里有一个喜气洋洋的国家,"说着他用手上的叉子向空中指一下,"一度全部人都受到大兵——侵占者的蹂躏,在刀枪炮火之下全成为废墟,嘻,嘻,嘻!难道有人自己会去招惹刀枪和炮火吗?这是什么观点呀!笨拙,胡闹,简直荒谬透顶!你要知道,一想起这个,你就会笑你的同胞的!但我们拿这个喜气洋洋的国家目前情况联想一下吧!想一想有关不动产的法律,想一想有关不动产的遗赠和受让、不动产的抵押和赎回的法律,再想一想有关地产的租借、世袭保有和根据登录保有法律,"斯尼奇说着,激动得直咂嘴了,"也想想关于那些地契和地契证据文件的复杂的法律,连同所有自相矛盾的判例和无数与之有关的法令;也想一想无穷无尽的巧妙而无止境的法院诉讼——而这个愉快的期望就可能引起这些诉讼;杰德勒医生,承认我们处身其中的这个计划中是有不成熟的地方吧!"斯尼奇望着他的同伴又说,"我相信我这话是既代表自己又代表克雷格斯说的。"

克雷格斯先生作了同意的表示,斯尼奇先

生的精神被自己刚才一番雄辩振奋了起来，这时候想再吃一点儿牛肉，再喝一杯茶了。

"一般说来，我并不替人生辩护，"他嘻嘻地说，一边搓着手，"人生确实充满了傻事，充满了比傻事更糟的事。人们表白着责任呀！信用呀！无私呀什么的！呸！呸！呸！我们难道不知道它们有什么价值！但是你可不能嘲笑人生哪！因为你得做游戏呀——而且确实是非常正经的游戏呢！你知道，所有的人都在做反对你的游戏，而你呢，也做着反对他们的游戏。啊！那可真有趣！而且机灵极了！杰德勒医生，你要赢了只准你笑，而且也只可稍微笑笑。嘻！嘻！也只可稍微笑笑！"斯尼奇先生重复了最后这一句话以后,摇摇头,又眨眨眼,那神情好像还该加上这么句话,"或者你就这么摇头眨眼也行!"

"嗨,艾尔弗雷德!"医生嚷道,"你现在怎么说呢?"

"哎,老伯,"艾尔弗雷德答道,"我认为你对我,同时也对你自己,最大的恩惠该是在这个天天由太阳照着的、人生的更广阔的战场上,有时要尽力把那个战场或其他诸如此类的战场忘掉。"

"说真的,我怕你这话也不怎么动摇得了他的见解,艾尔弗雷德先生,"斯尼奇先生说,"因为在这同一个人生的战斗里,战士们也是非常急切，非常激烈的啊！也是横砍竖斩个不停，还有从脑后射来的弹丸，骇人的践踏，蹂躏！可真是糟透的事哪！"

"我相信，斯尼奇先生，"艾尔弗雷德说，"在人生战斗中，是有着不为人们所觉察的胜利和斗争的，有着伟大的自我牺牲的，有着壮烈的高贵行为的，而要完成这些行动也并不容易，即使在表面上轻松和有着矛盾的许多人生战斗中也是如此。因为它们没有世间的记载和观众，是天天在角落里进行着，在小小的家庭里进行着，在男人们和女人们的内心进行着。而任何一种行动都能使最坚强的人跟这样的世界和好，使他对世界充满信心和希望，尽管有半数的世人在交战,有四分之一的人按法律办事;我这可是在大胆说话啊!"

两姐妹聚精会神地听着。

"唉!唉!"医生说,"我的年纪太大了,连我这儿这位朋友斯尼奇,或者我那未婚的好妹妹,玛莎·杰德勒都改变不了我的见解了。许多年前我的妹妹已经有过她所谓的家庭烦恼,那以后她就同各种各样的人过着和谐的生活;她的见解跟你非常相似,只是她既是女人就难免不那么理智,也固执了些。我们俩总谈不拢,因此也很少碰面。我是生在这个战场上的呀!我从小就开始把我的思想引向一个战场的现实历史。已经有六十个春秋打我的头上过去了,可是在这个基督教世界里,除了人们对战场的疯狂追求之外,我什么也没看见,尽管在这世界里天晓得有着多少慈爱的母亲和像我这两个女儿这样好的姑娘。一切事物中普遍存在着同样的矛盾。面对这种惊人的前后矛盾,你不是得笑就是得哭;而我呢,是宁愿笑的。"

不列颠始终带着非常忧郁的神情专注地听着每个人的话。如果他正在这时候禁不住发出的那阴沉的声音可以作为笑的表示的话,那么他似乎忽然间做出了也是宁愿笑的决定。然而,在他发出那声音的前后,他的面部表情丝毫没受到影响,因此餐桌上虽然有一两个人因为这神秘声音而吃了一惊,朝四下里望了一眼,却谁也没想到那声音是出自这个冒犯者。

知道真相的只有和他在一起伺候进餐的克莱门希·纽康,她用她所珍爱的关节之一,也就是她的一个手肘戳了戳他,用谴责的口吻问他笑什么。

"不是笑你!"不列颠说。

"那么笑谁?"

"笑人类,"不列颠说,"我笑的就是这个!"

"听了主人和这两个律师的见解,你一天比一天糊涂了!"克莱门希说着又用一只手肘戳了戳他,就好像给他一帖精神兴奋剂似的,"你知道自己的地位吗?难道你想挨骂吗?"

"我什么也不知道,"不列颠说,他的眼睛

无神，表情呆滞，"什么也不在乎，什么也不理会，什么也不相信，什么也不想要。"

虽然他对自己的一般情况，做出这样的绝望概括，可能过于夸张了沮丧的方面，本杰明·不列颠还是比别人可能想象的更精确地表明了他自己的真实状态。人家有时叫他小不列颠，来表示他并非"大不列颠"，就像我们说"年轻的英国"，表示它和"老年英国"有绝不相同的含义。因为他就像伺候培根修道士的那个迈尔斯①一样，天天听着医生对各种各样人发

---

① 迈尔斯是《修道士培根和修道士本盖》一书中修道士培根的男仆。该书的作者为英国剧作家、小说家和诗人罗伯特·格林（1560—1592）。

表无数的演讲,他的一切言论倾向于证明,他本人的存在说得最好也是个错误,并且是荒谬的。就这样,这个不幸的仆人在内心的思考加上外界的影响下,逐渐堕入了一个内外夹攻的乱糟糟的矛盾的深渊。他的迷惑深度与真理的根源最深处相比,是在同等水平面上的。他搞明白的唯一的一点是:通常由斯尼奇和克雷格斯带进这些讨论中来的新因素,从来没能澄清过那些纷乱和矛盾的思潮,却似乎总是给了医生一种有利条件和证据。因而,他才认为这个"事务所"是造成他这种心境的近因之一,他也就因此对他们深恶痛绝了。

"但是这与我们不相干,艾尔弗雷德,"医

生说，"就像你所说的，今天我已不再是你的保护人了。现在你满载了这里的中学所能给你的学问而离开我们了，而你去伦敦深造还要增添你的学识。像我这样没趣的乡下老医生的实际知识倒是能够把这两者衔接起来的。现在你要走了，要走上社会了。你那可怜的父亲所指定的第一阶段的见习期既然已经结束，现在你要走了，由你自己做主去完成他的第二个愿望了。你在外国医科学校要待三年，恐怕还没到三年早就会把我们忘掉了。哎呀！用不到六个月你就会自然而然地把我们忘掉的！"

"可是你心里是很明白的，如果我会忘掉——我又何必对你说呢！"艾尔弗雷德笑着说。

"关于这一类事,我一点也不明白,"医生答道,"你说对吗,玛丽安?"

玛丽安玩弄着她的茶杯,似乎要说——但她没说出口来——如果他能忘记,那倒是好的。格雷丝把玛丽安青春焕发的面颊贴在自己的面颊上,微笑着。

"我希望,我在执行受人委托的事情上,不曾有过不当之处,"医生紧跟着又说,"可是不管怎么说,今天早上我是正式给罢免了职务,解除了责任,等等。这里我们的好朋友斯尼奇和克雷格斯带着满满一口袋的文件、账目、证件,要把委托金的余额移交给你了,我但愿这是笔更难于处理的资金，艾尔弗雷德，可是你一定得做一个伟大的人物来使你的资产较难处理呀。还要移交给你这一类其他滑稽玩意儿，得在那上面签名、盖章，要正式移交呢。"

"法律还要求有适当的证人，"斯尼奇说着便推开盆子，拿出文件来，他的伙伴伸手把文件摊在桌子上，"医生，我、克雷格斯和你是这笔信托金的共同保管人，我们需要你的两个仆人来为这些签名作见证——你识字吗？纽康太太？"

"我还没结婚，先生。"克莱门希说。

"噢，对不起，我该想到的。"斯尼奇嘻嘻地笑着说，眼光朝她那异常的身材扫了一下，

"你可识字吗?"

"识一点。"克莱门希回答。

"看得懂结婚祈祷文、晚祷和早祷文吧?"律师诙谐地说。

"看不懂,"克莱门希说,"那些都太难了,我只看得懂一只顶针箍。"

"看懂顶针箍!"斯尼奇跟着她说了一句,"你说什么呀,年轻的女人?"

克莱门希点了点头:"还看得懂一个肉豆蔻擦板。"

"哎呀!是疯人哪!这可得由司法官来处理啦!"斯尼奇盯视着她说。

"——如果她有财产的话。"克雷格斯补充

了这个条件。

这时候格雷丝插嘴了。她解释说刚才提到的那两样东西上各刻着一句箴言,在克莱门希·纽康的袖珍文库中就只有这两句箴言。又说克莱门希过去没有念书的机会。

"噢,原来如此!原来如此!格雷丝小姐!"斯尼奇说。

"对了,对了,哈,哈,哈!我还以为我们这位朋友是个白痴呢。她可非常像个白痴哪!"他带着目空一切的神情又向她望了一眼,喃喃地说,"那顶针箍怎么说来着,纽康太太?"

"我还没结婚,先生。"克莱门希说。

"好吧,纽康,这样称呼你,行吗?"律师说,

"那顶针箍怎么说的,纽康?"

克莱门希没回答,她拉开一个衣袋,低下头朝那个大张着口的衣袋底部望去,搜寻那个根本不在那儿的顶针箍。于是她又拉开另一面的衣袋,似乎望着一颗高价珍珠那样朝衣袋深处望去,清除挡在前面的所有东西———一条手帕,一截蜡烛头,一只红苹果,一只橘子,一个吉利便士①,一个骨制夹子,一把扣锁,一把装在套子里的剪刀(这把剪刀可以更出色地形容为前途辉煌的青春期的大剪刀),约莫一把散开的小珠子,几团棉线,一个针盒,小巧

---

① 旧时出售牲口的人在成交后为求吉利还给买主的钱。

的一沓卷发纸，还有一块饼干。她把掏出来的这些东西一件又一件地全部交给不列颠拿着——可是她所做的这一切是徒劳无功的。

接着她下了个决心，一把抓住这个衣袋口，紧紧抓住不放（因为它老在摆动，它还在靠得最近的那个角落扭曲着），她摆出一种显然不符合人体构造和地心吸力定律的姿势，足以解决问题的是她终于胜利了，她把顶针箍从手指上脱下来，并且咯咯地摇起肉豆蔻擦板来了。这两件小东西上面的文字因为经常摩擦，已经模糊不清了。

"这就是那个顶针箍了，是吗，年轻的女人？"斯尼奇先生把她拿来解闷取乐了，"顶针箍怎么说呀?"

"它说,"克莱门希的眼光缓慢地对着顶针箍绕一圈,好像它是一座塔似的,读道,"忘——掉——并——宽——恕。"

斯尼奇和克雷格斯哄然大笑。

"这么新奇!"斯尼奇说。

"这么宽大!"克雷格斯说。

"里面有着对于人类本性这样的认识呀!"斯尼奇说。

"非常适用于世事呀!"克雷格斯说。

"那个肉豆蔻擦板呢?"那"事务所"的所长发问了。

"擦板说,"克莱门希答道,"己——所——

不——欲，勿——施——于——人。"

"你的意思是，先下手为强，要不然你就吃亏了。"斯尼奇先生说。

"我不懂，"克莱门希呆呆地摇摇头，还嘴说，"我又不是律师。"

"我恐怕她假如是个律师，医生，"斯尼奇突然转过去对医生说，好像他预料到如果不这么做，她的这句话可能会引起什么反应似的，"她会发现那是她的一半诉讼委托人所信奉的金科玉律。他们在这方面是认真的——尽管你的世界反复无常——以后就会责怪我们了。我们干这一行毕竟只是起镜子一样的作用，艾尔弗雷德先生，可是找上我们的一般都是怒气冲冲、吵吵闹闹的人，来的时候样子都不是顶可爱的；而要是我们板起了面孔，他们是难于跟我们吵架的。我想，"斯尼奇先生说，"我是代表本人和克雷格斯说话的吧？"

"绝对是的。"克雷格斯说。

"因此，如果不列颠先生能赐给我们一口墨水的话，"斯尼奇先生的注意力回到了那些文件上来了，"我们就可以尽快签字、盖章和办理移交了。要不然我们就会糊里糊涂地让大马车开走了。"

如果你可以根据不列颠这会儿的状态来判断的话，他大有可能会糊里糊涂地让大马车开走。因为他站在那儿发呆呢，他心里正忙着把医生跟那两位律师比较,又把那两位律师跟医生比较,紧接着再把他们的委托人跟他们三个人也都比一比,又竭尽他那微弱的力量试图把顶针箍和豆蔻擦板上的箴言(这对他而言是全新的思想)跟任何人的哲学学说统一起来;简而言之,正如他那伟大的同名者①被种种学说和学派搞得晕头转向,他也把自己搞得不知所措了。但是克莱门希在转瞬之间就把墨水递了上去,又为他做了进一步的服务——用她的手肘戳他一下使他清醒过来,这几下轻轻的后击唤醒了他的记忆(在此解释这句话要比通常更

---

① 指大不列颠(英格兰、威尔士和苏格兰的总称)。

拘泥于字面意义），因而他很快就变得精神抖擞，生气勃勃了。克莱门希可真是他的护身神呀！尽管他极瞧不起她贫乏的悟性，这是因为她很少特地为什么事进行抽象的思考，而总是随时随地及时地做应做的事。

至于他怎样因他自己的见解而心中作难（这种见解对于像他这样身份的人来说是不足为奇的，而且要他们使用笔墨可也真是一桩大事），他的见解是：由他在一份并非由他亲笔写的文件上签名，那就会使自己多少有些污点，也势必就那么把一大笔不明不白的款子签走了；他怎样勉勉强强地着手办这事，尽管医生逼着他快签字，他仍坚持非要先看一遍才签（且不提那文件上的措辞,就那些扫来扫去的字迹已叫他摸不着头脑了),他还把一张张纸翻了又翻,察看有没有什么弊端;签字后他又怎样变得一副凄凉可怜相,好像失去了财产和什么权利似的;对于这些情况我可没时间讲哪。里面藏着他的签名的那个蓝色公事包后来又怎样引起他的疑惑和好奇心,使他寸步不离;而克莱门希·纽康想到自己的重要性和体面时,怎样得意忘形,笑得不可开交,两个手肘大大撑开扒在整个桌子上,活像一只展开翅膀的老鹰,又把脑袋搁在左臂上,摆出一副准备写几个玄妙文字的架势,而且那是用了不少的墨水才写成的呢;在她想象的副本上写字时,怎样同时还伸出了舌头来帮忙,对于这些也得花时间讲呢。还有,她一旦尝过了墨水的滋味,她怎样老是想再尝尝(据说养驯了的老虎尝过另一种分泌液后也是如此),从此她怎样对什么都要签字,把自己的名字写到各种各样的东西上去,这些也得花时间讲呢。一句话,医生就此解除了委托,免去了为这委托应尽的一切义务;艾尔弗雷德自己担当了起来,顺顺当当地开始走上人生的旅途。

"不列颠!"医生说,"快到门口去等车子。时间过得好快呀,艾尔弗雷德。"

"是的,老伯,是的,"那青年连忙回答,"亲爱的格雷丝!听我说!玛丽安——她是那么年轻美丽，那么迷人，那么令人倾倒，人生再没什么使我更倾心的了——记住！我把玛丽安交给你了！"

"看顾她本来一直就是我的一份神圣责任，艾尔弗雷德，现在更加倍是了。我一定忠于托付，放心吧。"

"我实在很放心的，格雷丝，我对你再了解不过了。谁望着你的脸又听了你的声音还能不了解你呢！唉，格雷丝！我要有你那样平静的心，那样镇定的脑子，我今天就会带着百倍的勇气离开这里了！"

"是吗？"她安静地笑着回答。

"还有，格雷丝——姐姐，这样称呼你好

像很自然。"

"就这样!"她紧接着说,"我喜欢听这个称呼。就这样叫我好了。"

"可是,姐姐啊,"艾尔弗雷德说,"玛丽安和我又最好要有你那忠诚不渝的品性在这儿给我们帮助,使我们俩更快活也更好。我不会把你的品性带着一起走,而用它来支撑我自己,即使我可以!"

"马车到山顶了!"不列颠嚷道。

"时间过得真快,艾尔弗雷德。"医生说。

玛丽安原先是独个儿站在一旁的,眼睛一直望着地上;但是她那年轻的情人在说了那一番话以后,这时候温柔地把她带到她的姐姐站着的地方，把她按到她姐姐的怀抱中。

"我刚才对格雷丝说了，亲爱的玛丽安，"他说，"我说我把你交托给她了，这是我临别的珍贵委托。我将来回来把你收回的时候，最亲爱的，那时在我们眼前展示着我们结婚生活的幸福前景，那时我们主要的乐事之一将是商讨怎样使格雷丝快活，怎样才能预料到她的愿望是什么，怎样来表达我对她的感谢和情谊，怎样来报答她将要堆在我们身上的恩情于万一。"

妹妹的一只手由他握着，另一只手搁在她姐姐的颈项上。她望着姐姐的眼睛，它们是多么恬静，多么安宁，又多么爽快啊！她的姐姐的凝视,既带着热情和钦慕的神色,又带着忧伤和惊讶的样子,还有近似崇敬的一种表情。她又望着这位姐姐的脸,那就像是一位光明天使的脸,恬静、安宁而又爽快。那张脸也望着她又望着她的情人。

"到了那一天,总有一天是那个日子,"艾尔弗雷德说,"我不知道那一天为什么总不来,不过格雷丝最清楚,因为格雷丝总是对的——她最清楚她自己什么时候会要一个朋友,让她把自己整颗心向他敞开,他对待她好像她现在对待我们一样——那时候,玛丽安呀,我们将表现得多么忠实,我们会多么高兴,知道她——我们亲爱的好姐姐——爱着一个人,又被那人爱着,这正是我们的愿望呀!"

　　妹妹仍然望着姐姐的眼睛,目不转睛地望着——连朝他转一转都不。而那双诚挚的眼睛也仍然望过来,那么恬静,那么安宁,又那么爽快,望着她,又望着她的情人。

　　"再说等到这一切都过去了,我们都老了,而且我们住在一块儿,(我们一定得这样!)——靠得紧紧地住着——那时候我们常常要谈到旧日的往事,"艾尔弗雷德说,"这些日子将是我们最喜欢谈的,特别是今天这日子。那时候我们将说出我们今天分手时各人心中所想的,所感觉的,所希望的,所担心的,也会谈到我们多么不忍告别……"

"马车穿过树林来了!"不列颠嚷道。

"好的!我已经准备好了——还会谈到我们后来怎样又见了面,那么高兴地终于又见面了,我们会把今天看作一年中最快乐的日子,把今天定为三重的生日。好吗,亲爱的?"

"好的!"那姐姐满面春风,热切地插嘴说,"好的!艾尔弗雷德,不要再耽搁了。没时间了。跟玛丽安告别吧。愿上帝保佑你!"

他把妹妹拉过来,紧紧贴在胸前。他一放手,她重又抱住姐姐,用她那原就含着种种情感的眼睛盯住那双那么恬静、那么安宁又那么爽快的眼睛。

"再见了,我的孩子!"医生说,"在这样

一个——哈，哈，哈！——你知道我要说什么的——说什么正经的通信啊，正经的爱情啊，什么订婚啊，什么什么的，哎呀！那当然是彻头彻尾的胡扯。我所能说的就是，如果你和玛丽安两人仍然存心傻下去，将来我也不会反对你做我的女婿的。"

"车子过桥啦！"不列颠嚷道。

"让它来吧！"艾尔弗雷德说，紧紧握住医生的手，"我的老朋友，我的保护人哪，有时候尽量正经地想想我吧！再见了，斯尼奇先生；再见了，克雷格斯先生！"

"车子上路了,朝这儿来啦！"不列颠嚷道。

"克莱门希·纽康，我们相识不少日子了，

给你一个吻!让我们握手,不列颠!玛丽安,我最亲爱的心上人,再见啦!格雷丝姐姐,记住啊!"

这位温和的管家式的人物,她那沉静的面容美极了,她默默地把脸转向他作为回答。但是玛丽安的表情和态度仍然没变化。

大马车在门口停下来。接着是一阵搬行李的奔忙。车子开走了,玛丽安始终一动不动地站在那儿。

"他向你挥帽子呢,亲爱的,"格雷丝说,"你所选择的丈夫呀,宝贝,瞧呀!"

妹妹抬起头来,转过去一会儿,接着又转回来,这时候她是头一次完完全全碰上那一双平静的眼光,于是扑在她的脖子上抽抽噎噎地哭了。

"格雷丝呀,上帝祝福你!可是我看了真受不了,格雷丝!我的心都碎了!"

第二部

斯尼奇和克雷格斯在这古老的战场上设立了一个整洁的小小事务所,在这儿经营着整洁的小事业,为许许多多的争吵的人打了许许多多正正经经的小战役。这些冲突虽然几乎称不上是追击战——因为实际上它们一般是以蜗牛的步子进行的——然而事务所在这些冲突中所起的作用可以说是在这一概念之下,一会儿向这个原告开了一枪,一会儿又向那个被告砍了一刀,一会儿在法院里对一笔遗产提出严厉的控诉,一会儿又在一群形形色色的小债务人中间展开轻微的散兵战:他们是根据种种不同情况,也根据随时面临的敌人,变换他们的手法的。官报在他们某些战场中具有重要而有利的号召力,就如对于那些比较显赫的战场一样;而且在大多数的诉讼中他们表现了他们的雄才大略,战士们事后才发现,他们要彼此了解是很不容易的,对于这些人究竟干了些什么要有一点点清楚的了解,也是难上加难,这是因为他们被大量的烟雾团团蒙住了。

斯尼奇和克雷格斯两位先生的事务所坐落在商业中心区的一处交通方便的地点，前门敞开着，比市场的地面要低两级平滑的台阶；因此凡是怒火冲天、自寻烦恼的庄稼汉，莫不马上就一头栽进门里去。他们的特别商议室兼会议厅设在楼上一间老旧的后房里，天花板又低又黑，似乎郁闷地皱着眉头在思考复杂的法律论点。几把皮革面子的高背椅，上面装饰着一颗颗大铜钉，活像突出的眼珠，这儿那儿有几颗已经脱落——或许是被一些手足无措的主顾，在大拇指和食指摸来摸去时拔掉的。房间里还有一幅配了镜框的铅印的大法官肖像。他那假发的每一个发卷都令人毛骨悚然。一包包的文件堆在满是灰尘的壁橱里，书架上和桌子上，沿着护壁板放着几排箱子，都上了锁，又是防火的，箱子外面有油漆标着一个个人的名字。心烦意乱的来访者见了这些字眼，就仿佛中了什么凄惨的魔法似的，不由自主地要把一个个字母倒拼了又顺拼，又猜着字谜，他们坐在那儿像是在倾听斯尼奇和克雷格斯说话，却又什么也听不懂。

斯尼奇和克雷格斯这两个人，在生活中都各有自己的伴侣，在职业方面也各有自己的伙伴。他们俩是世上最要好的朋友，彼此真诚信任；可是斯尼奇太太却由于世事所常常安排的那样，怀疑克雷格斯先生。而克雷格斯太太也在原则上怀疑着斯尼奇先生。

"你那些斯尼奇们呀,实在是……"有时候克雷格斯太太对她丈夫这样说,她用了那个出于她的想象的复数名词"斯尼奇们"似乎是蔑视一条讨厌的马裤①,或者其他没有单数形式的东西,"我哪!我真不懂你要那些斯尼奇们干什么。我呀,觉得你太信任你那些斯尼奇们啦,我不希望你将来发现我这话幸而言中。"而斯尼奇太太呢,会对斯尼奇先生这样谈论克雷格斯:如果斯尼奇受诱惑盲从什么人的话,

---

① 原文 Pantaloons,该词作"马裤"解时,是一个没有单数形式的名词;而斯尼奇(Snitchey)这个姓是单数形式的,克雷格斯太太却把这个姓变成复数形式,成为"斯尼奇们"了。

那个人就是克雷格斯；如果她在什么凡人的俗眼里能察觉两面派的话，那个人就是克雷格斯。然而尽管这样，一般地说，他们四个人还是很好的朋友。两位太太保持着密切的联盟来反对"事务所"，她们俩都把它看成"密室"，是她们俩共同的敌人，认为诡计多端，危机四伏——就为了她们不明白其中的奥妙。

然而，就在这个事务所里，斯尼奇和克雷格斯为他们的各个蜂房酿着蜂蜜。在这里，有时在美好的傍晚，他们流连在商议室窗前，那扇窗户正俯瞰着那个古老的战场，他们对于人类的愚蠢不胜感慨，认为人们彼此不肯和睦相处，把一切都诉诸法律，来得到如意的解决——

不过通常是在进行审判那段日子里,繁重的事务使得他们如此多愁善感起来。在这里,时间一天一天地,一个月一个月地,一年一年地过去了。他们的日历一页页地少了,皮椅上的铜钉也一颗颗地减少了,桌上成堆的文件却不断地增多。

自从在果园里进早餐那天起,到今天已过了差不多三年了。在这里,在这三年期间,一个瘦了,另一个肥了。这一天晚上,他们正坐在这里商量事情哩。

不光是他们俩,还有一个三十岁或者约莫这年纪的男人,衣着很随便,面容有点憔悴,但身材很好,衣料上乘,相貌也不错,他坐在那张尊严的扶手椅上，一只手插在胸前，另一只手插在乱蓬蓬的头发里，闷闷不乐地沉思着。斯尼奇和克雷格斯两位先生面对面坐在旁边的一张书桌那儿，桌上放着一个那种防火的箱子，锁已打开，箱盖掀着；箱子里的东西有一部分已取出摊在桌子上，其余的文件这时候正由斯尼奇先生一张一张地拿到蜡烛旁，逐一察看着；摇摇头，然后递给克雷格斯先生；这一位也一一看过，摇摇头，便一张一张放下。有时候他们停下来，一同摇着头，又朝那个发着呆的当事人望去。写在箱子上的姓名是迈克尔·沃顿先生。综上所述，我们可以推断，这是这位当事人的姓名，那箱子也是他的，并且迈克尔·沃顿先生的事情很有点不妙了。

"全都在这里了,"斯尼奇先生翻看了最后一个文件以后说,"真的没有其他办法了。没有其他办法了。"

"全都亏光了,花掉了,浪费了,抵押了,借走了,卖掉了,呢?"那当事人抬起了眼睛,说。

"全都没了。"斯尼奇先生回答说。

"你是说再也没法子了?"

"一点也没了。"

那当事人咬着手指甲,又沉思起来。

"我这人连待在英格兰也不安全了吗?你坚持这个意见,是吗?"

"在大不列颠和爱尔兰联合王国的任何地方都不行了。"斯尼奇先生答道。

"成了一个浪子,不能投靠父亲,没有猪可喂养,也不能跟它们同吃豆荚①?呢?"当事人又追问了一句,一条腿搁在另一条腿上摇晃着,眼光朝着地面扫来扫去。

斯尼奇咳了一声,好像是表示不赞成自己被认为也会参与应用任何比喻来形容法律状态似的,克雷格斯先生也咳了一声,好像要用这一咳嗽声来表示对这一问题的同样看法。

---

① 《圣经》中的一个故事,是关于一个离开父家的浪子,饿得去吃猪食豆荚,沃顿以此比喻自己的处境。

"三十岁就破产！"当事人说，"哼！"

"不是破产呀，沃顿先生，还没这么糟。我得说，你已经搞得相当糟，但是还没破产。只要谨慎经营……"

"只要有个魔鬼。"当事人说。

"克雷格斯先生，"斯尼奇说，"劳驾递给我一撮鼻烟，好吗？谢谢你。"

那个态度自若的律师把鼻烟按在鼻孔上，显然感到其味无穷，全部注意力都集中到那上面去，这时那当事人渐渐面带笑容，抬起头来说：

"你说经营吗，要经营多久？"

"要经营多久？"斯尼奇跟着说了一遍，

把手指上的鼻烟掸掉,在心里慢慢地计算了一下,"是说你那发生纠纷的产业吗,先生?由熟手经营?设若由本事务所接手干?要六七年。"

"要饿六七年肚子!"那当事人急躁地笑了一声说,很不耐烦地移动一下他的姿势。

"要饿六七年肚子,沃顿先生,"斯尼奇说,"这确是件很不平凡的事。这期间你如果露面,也许可以获得另一个产业。不过我们认为你办不到——我和克雷格斯都这样认为——因此我们并不劝你那样做。"

"那么你们劝我做什么?"

"我说,经营呀,"斯尼奇重复了这话,"由我和克雷格斯来经营几年,一切就会好起来的。不过你得到别的地方去,这样我们才能够达成协议和执行协议,你也就能够遵守协议;你得住在外国。说到饿肚子这问题,我们可以保证你每年有那么几百去花——而且一开始就几百——我敢说,沃顿先生。"

"几百嘛,"当事人说,"我已花惯了几千呢。"

"这个,毫无疑问,"斯尼奇先生一边把文件慢慢地放回那口铸铁制的箱子里,一边应嘴道,"毫——无疑问。"他又自言自语着,同时若有所思地做着事。

律师很可能了解他的这位对象;不管怎样,

他那冷淡、严酷、古怪的态度对当事人的忧郁心情起了好影响，使他更无拘束、更坦率了。要不然就是当事人了解他的对象，因而才从他引出那番鼓励他自己的话，这样就可使他正要提出的某种企图显得更有辩护力量。他渐渐抬起头来，坐在那里望着他那位神态坚定的顾问，先是微微笑着，紧接着大笑了起来。

"毕竟，"他说，"我的坚强的朋友呀……"

斯尼奇先生指了指他的合伙人。"我——对不起——是和克雷格斯一起的。"

"请克雷格斯先生原谅，"当事人说，"毕竟，我的两位坚强的朋友呀，"接着他在椅子上身子向前一倾，稍稍放低嗓子说，"你们对我的失败，还不知道一半呢。"

斯尼奇先生愕然定睛望着他。克雷格斯先生也定睛望着他。

"我不只深深陷在债务里，"当事人说，"而且也深深陷在……"

"不是恋爱吧！"斯尼奇嚷道。

"正是呀！"当事人说着把身子朝椅背靠回去，双手插在衣袋里打量着这两位律师，"深深陷在恋爱中。"

"不是跟一位继承遗产的小姐吧，先生？"斯尼奇说。

"不是跟一位继承遗产的小姐。"

"也不是一位富家女士？"

"也不是我所谓的富家女士——只是美丽和德行方面倒是富有的。"

"一位未婚的小姐吧,我相信?"斯尼奇意味深长地问。"自然啦。"

"不会是杰德勒医生的一位女儿吧?"斯尼奇说着突然把两只手肘朝膝盖上一搁,这一来,他的面孔至少向前靠近了一码。

"正是呀!"当事人答道。

"不是他的小女儿吧?"斯尼奇问。

"正是呀!"当事人回答。

"克雷格斯先生,"斯尼奇说,他大大地松了口气,"请你再递一撮鼻烟给我,好吗?谢谢你!我要告诉你这没什么意思,沃顿先生;

她已经订婚了,她已经给预定了。我的伙伴能证明我说的是实话。这事实我们是知道的。"

"这事实我们是知道的。"克雷格斯重复了一句。

"唔,也许我也知道,"当事人平静地回答,"那又算得了什么呢!你们是在这世界里混的,难道就从没听见过女人变心的事?"

"当然也有毁弃婚约的诉讼,"斯尼奇说,"控告老处女和寡妇的都有,但是大多数的案件都是……"

"案件!"当事人不耐烦地插嘴说,"别对我讲什么案件,人世中的各种先例要比你们任何一部法学书本多得多呢。再说,你以为我在医生家里住过六星期,会一无所获吗?"

"我以为,先生,"斯尼奇先生严肃地对他的合伙人说,"在沃顿先生的马儿不时把他带进的所有伤痛当中——这种伤痛是不少的,代价也是很大很大的,对于这,他本人,还有你,还有我,是再清楚不过的——如果照他现在这么说,那么最糟的一次伤痛就是断了三根肋骨和一根锁骨,还有得了天晓得多少青肿块,然后让他留在医生家的围墙那儿;那时我们只知道他住在医生家里给照料得很好,我们什么也没在意,可是现在看来糟得很啦,先生。糟得很!看来可糟得很哪。因为杰德勒医生也是——我们的当事人呀,克雷格斯先生。"

"艾尔弗雷德·希斯菲尔德先生也是——一种当事人呢,斯尼奇先生。"克雷格斯说。

"迈克尔·沃顿先生也是一种当事人,"那个态度随随便便的客人说,"而且也不是很坏的一个呀,已经当了十年或十二年傻瓜了。可不管怎样,迈克尔·沃顿先生过去的生活是放荡的,而结果呢,情况就成了那样,材料都存在那个箱子里;他现在打定主意要改过自新。为了证明这一点,只要做得到,迈克尔·沃顿先生打定主意要娶玛丽安——那位医生的可爱的女儿,婚后就带她离开这里。"

"说实在的,克雷格斯。"斯尼奇开始说话了。

"说实在的,斯尼奇先生和克雷格斯先生,两位先生,"当事人打断了他的话,说,"你们是知道对自己的当事人所应负的责任的,而且我确信,你们很清楚自己并不负有干涉纯粹的恋爱事件的责任,而这事情我又不得不向你们吐露。如果她本人不同意,我绝不会把这位年轻小姐带走,因此在这件事情上没有违法之处。虽说我从来不是希斯菲尔德先生的知心朋友,但我也并没有违背他对我的信任。我只不过是爱他所爱的,而且,只要我做得到,我打定主意要赢得他所争取的。"

"他做不到,克雷格斯先生,"斯尼奇说,显得很担心和为难,"他绝做不到,先生。她迷恋着艾尔弗雷德呢。"

"是吗?"当事人问。

"克雷格斯先生,她迷恋着他呢,先生。"斯尼奇坚持这句话。

"几个月以前,我在医生家里不是白住六个星期的。住了没多久我就对此有怀疑,"当事人说,"如果她的姐姐能安排成功的话,她就爱上了他啦;可是我注意了她们的一举一动。玛丽安老是避免提起他的名字,她对凡是有关他俩的事总是避而不谈——只要有一点点可能会引向这事的话,她都绝口不提,而且显然感到很苦恼。"

"她为什么这样呢?克雷格斯先生,你知

道吗?她为什么这样呢,先生?"斯尼奇问道。

"我不明白她为什么这样,虽然有着好些可能的原因,"当事人笑着说,从斯尼奇那发亮的眼睛里闪现出又注意又迷惑的神情,使他不禁失笑,斯尼奇那么小心翼翼地继续这番对话,想方设法探听这方面的消息,这也使他不禁失笑,"但我知道她确是这样。她订婚的时候——假如这也可以称作订婚的话,连这一点我都没法肯定——那时候她年纪很小,也许她后来反悔了。也许——这么讲似乎有些轻浮,但我发誓我绝没这想法——她可能爱上了我,就像我爱上了她一样。"

"嘻,嘻!艾尔弗雷德先生跟她还是青梅

竹马之交哪,这你记得的,克雷格斯先生,"斯尼奇说着受窘地笑了笑,"她几乎还是个小娃娃的时候,他俩就认得啦!"

"这却更可能使她对他的想法感到厌倦,"当事人冷静地接着说,"使她倾向于把他的想法跟另一个情人的比较新奇的见解交换一下,而那个情人是带着浪漫的色彩出现的(或者说是由他的马儿给带出来的);那情人寻欢作乐,日子过得轻率失检,但没有怎么加害于任何人——对于这些,在一个乡下姑娘看来,并不有损他的名声;加之他青春年少,体格健美,等等——这么讲又似乎有些轻浮了,但我发誓我绝没这想法——当他跟艾尔弗雷德在一块儿时，相形之下，他也许更合格了。"

他最后这句话，的确是无可非议的；斯尼奇先生瞟他一眼后作了如此想法。就在他那随随便便的态度中有着一种自然的优美和清雅，似乎使人联想到，只要他愿意，他那标致的面孔和匀称的身段还可能更美得多；还使人联想到，一经挑动，使他认真起来（但他还从未认真过），他可以变得情火炽燃，非达目的决不罢休。"是一种危险的浪子呀，"那个精明的律师这样想着，"他似乎要从一个年轻女子的眼里摄取他所需要的火花。"

"喏，听着，斯尼奇，"他一边接着说，一边站起身来，伸手抓住他的一只纽扣，"克雷格斯，也听着。"也抓住他的一只纽扣，把他俩稳住在自己的两旁，使他们简直无法回避他了，"我不向你们要求什么劝告。对于这样的事，你们不参与任何一方是正确的。像你们这样态度严肃的人，在这类事件中，对任何一方都是无法加以干涉的。我只想简单地用三两句话再说一遍我的处境和我的打算，然后把钱方面的事交给你们尽力去办。我知道如果我跟医生的美丽的女儿一同出去的话（我希望这样，我希望自己在她的光辉的影响下变成另一个人），费用暂时要比我独自走来得多，但是在我改变后的生活中，这可以很快得到弥补。"

"我想最好不要听见这样的话，克雷格斯

先生,你说呢?"斯尼奇说道,眼睛避开当事人朝克雷格斯望着。

"我也这样想。"克雷格斯说——可是两个人都全神贯注地听着。

"好吧!你们不必听好了,"当事人回答说,"可是,我还是要说的。我并不打算征求医生的同意,因为他不会同意的。不过我也并不想对医生作不当的对待或者伤害他,因为我希望把他的女儿,我的玛丽安(何况医生自己就这么说的——在这种小节上没什么了不起的事)从我所看见——我所知道——她所担心,她所悲惨地苦思着的事情中解救出来,也就是她的旧情人回来的这件事情。如果世间有真实的事情,那么她担心他回来就是真实的事情。截至目前还没有一个人受到伤害。此刻我在这儿是这么急切,这么苦恼,我过的简直是飞鱼的生活。我在黑暗中躲来躲去。我被关在自己的屋子外边,被告诫远离自己的田地;但是,正如你们所知道和所说的,这屋子,这些田地,还有另外许多英亩的田地,有一天都会回到我手中;而玛丽安呢,在嫁给我十年以后,可能会比嫁给艾尔弗雷德·希斯菲尔德要富有些——她从来没有这种自信心,你们自己这么说的——要记住,她担心艾尔弗雷德回来。说到热情方面,艾尔弗雷德也好,任何人也好,都比不上我。再说截至目前有谁受到了伤害呢?

整个事情从头到尾再公正不过了。如果她做出决定于我有利,我跟他是享有同样的权利的。所以我只需对她一试,看我究竟有没有这权利。以后的事你们不会喜欢知道的,我也不告诉你们。现在你们已经了解我的目的和我的需要啦。我什么时候得离开这儿呢?"

"一个星期之内,"斯尼奇说,"克雷格斯先生,你说呢?"

"最好再快一些,我说。"克雷格斯答道。

"一个月之内,"当事人定睛观察了他俩的面孔后说,"下个月的今天。今天是星期四。不论成败,下个月的今天我一定走。"

"这可耽搁太久了,"斯尼奇说,"实在太

久了。不过就这样吧，我原以为他会提出三个月呢。"他喃喃地自言自语着，"你要走了吗？晚安，先生！"

"晚安！"当事人一边说一边和他们握手，"你们会亲眼看见我把我的财富利用得很好。从今以后我命运之星是玛丽安了！"

"当心楼梯，先生，"斯尼奇用这话回答他，"因为玛丽安没照亮那楼梯呀！晚安。"

"晚安！"

于是他们俩就擎着一对事务所的蜡烛站在楼梯口，看着他走下去。见他走了以后，他们仍站在那儿，面面相觑。

"对整件事你有什么想法，克雷格斯先

生?"斯尼奇说。

克雷格斯摇摇头。

"我记起来了,那天办移交时,我们就谈论过那一对人分手时有点儿怪。"斯尼奇说。

"是呀!"克雷格斯先生说。

"也许他完全是自己骗自己,"斯尼奇先生接着又说下去,他把那防火的箱子上了锁,搬开去,"或者,如果并非这样,那么就是有那么点儿见异思迁,那么点儿不忠实,也没什么可大惊小怪的。克雷格斯先生,然而我认为那张美丽的面孔是很真诚的。我觉得,"斯尼奇先生说着穿上大衣(因为天气非常冷),戴上手套,吹熄了一支蜡烛,"甚至我已经觉察她的性格近来变得坚强些了，果断些了。更像她的姐姐的性格了。"

"我的太太也认为这样。"克雷格斯回答说。

"我要是能相信沃顿先生不考虑主要因素就贸然作决定的话，"斯尼奇先生说，他是个宽厚的人，"那我今晚就愿意认输啦；因为尽管他是个轻率、狂妄和浮夸的人，他还是懂得如何处世为人的（他也应该懂得的，因为他是付出相当昂贵的代价才买得他现在所懂得的一切的）；所以我才没法十分相信。最好我们不要插手吧。我们是无能为力的，克雷格斯先生，我们只能一声不响。"

"无能为力。"克雷格斯回答说。

"我们的朋友那位医生是不把这种事放在心上的。"斯尼奇先生摇摇头，说，"但我希望在这件事情上他不至于需要用他的哲理。而我们的朋友艾尔弗雷德谈论什么人生的战斗，"说到这里他又摇了摇头，"我希望他不至于在一生的开端就遭到失败——你拿了帽子没有，克雷格斯？我要吹熄这支蜡烛了。"

克雷格斯作了肯定的答复以后，斯尼奇先生就按自己说的做了，于是两人一路摸索着走出商议室，这时候这个房间跟这个暧昧的主题同样漆黑一团，也跟一般的诉讼同样是漆黑一团。

＊　　＊　　＊

　　我的故事现在转到了一个幽静的小小书房里。这儿，在同一天晚上，两姐妹和那位精神矍铄的老医生围着令人愉快的炉边坐着，格雷丝在做针线活儿，玛丽安大声念着她面前的一本书。医生身穿睡衣，足蹬拖鞋，两脚伸开摊在温暖的地毯上，身子向后靠在沙发椅背上，听着玛丽安念书，望着两个女儿。

　　她们看上去实在很美。在炉旁从没有两个更美丽的脸蛋儿了。她们使壁炉显得辉煌庄严。经过这三年，这一对姐妹之间原有的一部分差别已经渐渐减少；姐姐那早在失去慈母后的少女时代已成熟了的真挚性格,如今也呈现在妹妹的明媚的眉宇之间,在她的双眸和嗓音中。然而在她们两人之中她仍然是既更为可爱又比较软弱的一个。她似乎仍然要把自己的脑袋靠在姐姐胸前,信任她,望着她的眼睛,征求她的指导,依赖她。而姐姐那可爱的眼睛,仍然那么宁静,那么清澈,那么欢愉,跟以前一模一样。

"她在她自己的家里,"玛丽安念着书,"'她对这些往事的回忆使她的家显得极其亲切,她现在开始理解:对她的情感的一次巨大考验很快就要来临了,而且是不容耽搁的。啊!家啊!当其他人全都走了,是你抚慰了我们,你是我们的朋友；从我们躺在摇篮里那时起，到我们进入坟墓之前，要是我们的脚步离开你——'"

"玛丽安，我亲爱的！"格雷丝说。

"怎么啦，小猫儿！"她的父亲嚷道，"怎么回事？"

妹妹把手按在她姐姐向她伸过来的手上，继续念下去。经过这番中断，尽管她极力控制着自己，她的朗读声依旧结结巴巴地颤抖着。

"'从我们躺在摇篮里那时候起，到我们进入坟墓之前，要是我们的脚步离开你，这实在是可悲的，家啊，你对我们如此真挚，我们往往又如此冷淡相报，宽恕背离你的人吧，别过分地念念不忘他们错误的脚步吧！别让你那空幻的脸上显出仁慈，显出你那牢记在我的心中的笑容吧！也别让你的满头银丝射出深情、欢迎、温柔、宽容、恳挚的光芒吧！在审判背弃你的人时，求你别再用你那旧日的慈祥的话语和口气；求你尽可能粗暴和严厉！为了可怜的悔罪的人，求求你务必这样做啊！'"

"亲爱的玛丽安，今晚别再念下去了。"格雷丝说，她已经哭起来了。

"我也念不下去了，"她答道，把书合上了，"所有的话好像都着了火似的。"

医生觉得这句话可笑，抚摩着她的头，笑了。

"怎么啦！让一本小说书搞垮了！"杰德

勒医生说，"它只不过是白纸加上黑字！也罢，全都是一个样儿！把白纸黑字的东西当正经事跟把其他任何东西当正经事岂不同样合理！好吧，擦干眼泪，亲爱的，擦干眼泪。也许那女主人公早已又回到家了，而且什么问题都没了——再说，如果她没回家，一个家事实上也只不过是四堵墙罢了；而一个虚构的家呢，只不过是些破纸张和油墨罢了——怎么，什么事？"

"是我呀，老爷。"克莱门希把头伸进门，说。

"你又有什么问题啦？"医生说。

"哎呀！我好着呢。"克莱门希回答说——事实也就是这样，只要看她那用肥皂洗得干干净净的脸蛋儿就知道了。尽管她长得丑陋，在她脸上一如往常闪耀着的愉快精神使她显得很动人。虽然手肘上的擦伤部位按一般的看法还不能归于所谓美人斑的妩媚之类，然而在人生的历程中，当穿过这条狭窄的道路时，与其伤了气质，还不如擦伤手臂，而克莱门希的气质是像世间任何美人一样完美无瑕。

"我好着呢，"克莱门希一边朝屋里走，一边说，"不过——你得走近一些，老爷。"

医生有些惊讶，但还是听从了她这邀请。

"你说过让我别在她们跟前向你表示的呀，你知道。"克莱门希说。

她说这话时做了个异样的媚眼，那欣喜

若狂或者得意忘形的情绪影响到她的双肘,活像是把自己拥抱住了。这时家中若有生客,那么对她说的"表示"的最可能的解释就会是表示致敬的接吻。当时医生本人也似乎确实给吓了一跳;但他随即又镇静下来,因为克莱门希已经向两个衣袋摸起来了——起先摸的那个是对的,她却把手抽出来,去摸那个不对的,然后又回到了那个对的——摸出了一封邮寄来的信。

"不列颠有事骑马出去了,"她把信递给医生,嘻嘻地笑着说,"刚巧邮件到了,我便等着。信封角上有 A. H. 字样。我打赌,艾尔弗雷德先生准已动身回来了。我们家里就要举行婚礼了——今天早上我的碟子里有两把匙子呢,唉,他拆得这么慢!"

她说这番话,用的是独白方式,一边跷起了脚尖,越跷越高,急着要听新闻,一边把围裙卷得像个开塞钻,嘴巴努得像只瓶口。后来她的焦急心情终于达到了顶峰,眼看医生对着信还是看个没完没了,倏地蹬下脚后跟,把围裙当作面纱照直翻盖到头上,陷入无声的失望中,再也忍受不住了。

"嗨,女儿们!"医生嚷道,"我可忍不住啦!我这人从来就没法保守秘密。说实在的,也是没有多少秘密值得保守的,在这样的——好吧,不提了。艾尔弗雷德要回来啦,亲爱的,马上来啦。"

"马上!"玛丽安喊了起来。

"嘿!那篇小说这么快给忘啦!"医生把她的面颊捏了一下,说,"我就知道这消息会把眼泪揩干的。对了,他在信里说'事先别告诉大家,让我出其不意地来到'。可我不能不事先告诉你们,得向他表示欢迎才是。"

"马上!"玛丽安又说了一遍。

"唔,也许按你的急切心情不能用'马上'这词儿,"医生回答说,"但也很快了。让我们来算算看,算算看。今天是星期四,可不是吗?那么他是约定下个月的今天回来。"

"下个月的今天!"玛丽安跟着低声说了

一句。

"真是我们一个个快活的日子，一个节日呀。"她的姐姐格雷丝声调愉快地说，又吻了吻她，表示贺喜，"等了好久好久啦，最亲爱的，终于来啦。"

她用微笑作为答话；那是个悲惨的微笑，但洋溢着手足之情。她望着她姐姐的脸，听着她那柔和的音乐似的声音，想象着艾尔弗雷德这次回家所带来的幸福、热望和欣喜，这使她的脸灼热，泛起一层红晕。

另外还有一种什么来着，它闪着光，透过所有旁的表情越闪越亮，我说不上那是什么。它不是欢欣、不是沾沾自喜，也不是扬扬得意。

这些感情是不会这么平静地流露出来的。它不光是爱情和谢忱,虽然它包含着这两种情感。它绝非来自卑鄙的思想,因为卑鄙的思想不会照亮眉宇,不会流连在唇边,也不会像一闪一闪的光芒撼动着人的心灵,直到震颤了那被引起共鸣的人。

而杰德勒医生呢,尽管他有着他那一套哲理——然而在实践中又不断地矛盾百出,给予否定,不过比他有名望的哲学家们也是如此的呀——他却对他那旧日的被保护人,同时又是门生的归来,当作一本正经的一件大事似的禁不住地感兴趣,因此他重又坐在他的沙发椅上,重又把穿着拖鞋的一双脚伸出去摊开在地毯上，把那封信一读再读，读呀读的，又读了许多遍。

"哎呀！从前，"医生望着熊熊炉火，说，"格雷丝呀，在他的假日里，你和他老是臂挽着臂走来走去的，活像一对会跑路的洋娃娃，你可记得吗？"

"记得。"她带着她那欢乐的笑容回答说，一边忙忙碌碌埋头于针线活儿。

"下个月的今天，哦！"医生沉思着说，"回想起来好像是还不到一年以前的事似的。那时候我的小玛丽安可在哪儿呢？"

"从来没远离姐姐的，"玛丽安愉快地说，"很小很小的时候就是老守着姐姐的。对我来说，格雷丝是我的一切的一切，甚至在她自己还是个小小孩时，我就是这样看的。"

"是的，小猫儿，确实是这样，"医生应声说，"她真是个坚定的小妇人，格雷丝就是，还是个聪明的管家，一个忙碌、安静而又愉快的人，顺我们的性子，揣摩我们的想望，总是随时不顾自己的一切，早在那时候就已经是这样的了。格雷丝，我的宝贝呀，我从来没见你对任何问题有过断然或者固执的态度，早在那时候就已经是这样的了，只是有一件事例外。"

"我怕后来我起了大变化，变得坏了，"格雷丝依旧忙着干活儿，笑了笑说，"哪一件事例外，爸爸？"

"当然就是关于艾尔弗雷德啰?"医生说,"你非要人家把你叫作艾尔弗雷德太太才高兴;所以我们就管你叫艾尔弗雷德太太啦;我相信当时(尽管现在看来这事很可笑)如果我们能使你成为一位公爵夫人而叫你公爵夫人的话,还不如叫你艾尔弗雷德太太使你更高兴呢。"

"真的吗?"格雷丝平静地说。

"怎么,你记不得啦?"医生问。

"我想我记得一点儿,"她答道,"但记得不多了。是那么久以前的事呀。"她坐在那儿一边做活儿一边哼着医生所喜欢的一首老歌曲的重唱句。

"艾尔弗雷德快要有一个真正的太太了,"

她停止哼歌,说,"这可真是我们大家的快活日子呀,玛丽安,对我的三年托付差不多可以结束了。这个托付实在再轻松不过的。我把你交还给艾尔弗雷德时,我要告诉他你始终深情地爱着他,告诉他一次也没有需要我对他效劳,我可以这样告诉他吗,亲爱的?"

"告诉他,亲爱的格雷丝,"玛丽安回答说,"说对于他人的托付从来没有这样豁达豪爽而又坚定地竭尽全力的,告诉他说我始终爱的是你,爱你一天胜似一天,哎呀,现在已爱到多深了啊!"

"不,"她那欢愉的姐姐也拥抱她,并说,"我实在不能对他这么说的;我们就把我的功劳留给艾尔弗雷德去想象吧！这样做就够大度量的了。亲爱的玛丽安，像你自己的度量一样。"

说完她重又做起活儿来，刚才因她的妹妹那番炽热的谈吐而把活儿放下一会儿工夫；这时候她同时也重又哼起医生所喜爱的那支老歌曲来。医生仍靠在沙发椅上休息，一双脚套着拖鞋伸在面前，摊开在地毯上，聆听着那曲调，用艾尔弗雷德那封信在膝头上打着拍子，望着两个女儿，心里想着，在这烦琐的世间许许多多琐事中，这些琐事倒是挺不错的。

在这期间，克莱门希既然已经完成她的任务，却仍逗留在屋子里，直到她也听到那消息，这才到厨房里来。她的助手不列颠已吃过晚饭，正坐在那儿自得其乐呢。许许多多发亮的锅盖、擦得锃亮的有柄小锅、磨得光溜溜的一套套餐具和闪闪发光的水壶把他团团围住。再加上表明她勤劳习惯的其他标记，有的挂在墙上，有的搁在架子上，他就像坐在一个四面是镜子的房间中央似的。当然这些东西大部分都没映照出胜过他本人的肖像来；它们的映像又完全不一样；根据它们各个不同的反映方式，有的把他的脸映成长长的，有的又把它映得很阔很阔，有的映像还漂亮，有的又丑极了。这些各异的反映方式，就一件事实而言，是同形形色色的人们的反映方式一样繁多。然而它们都一致同意，混在它们中间坐在那儿的是个自由自在的家伙，嘴上叼了个烟斗，手肘旁放着一壶啤酒，他看见克莱门希在他同一个桌子旁坐下时，他用恩赐的态度向她点了点头。"唔，克莱门希，"不列颠说，"这会儿你怎么样；有什么消息啦？"

克莱门希把消息告诉他。他用宽厚的态度听了消息。本杰明从头到脚起了优美的变化。从所有方面说，他都变得宽宏多了，红润多了，愉快多了，也大大兴高采烈了。就仿佛以前他的脸是打成一个结，而现在这个结被解开了，又被抚平了似的。

"斯尼奇和克雷格斯又有一笔生意了，我想，"他一边说一边缓慢地吸烟斗，噗噗噗地喷着烟,"你我又要做证人了,也许会的,克莱门希!"

"天哪!"他的女伴儿回答道,同时把她珍爱的关节按她所嗜好的方式扭了一下,"我希望那是我呢,不列颠!"

"希望什么是你呀?"

"出嫁呀!"克莱门希说。

不列颠把烟斗从嘴上挪开,尽情地笑开了。"是呀,你可像是要出嫁的呀!"他说,"可怜的克莱姆!"

而克莱门希呢,也像他一样笑开了,也似乎像他一样觉得这种想法有趣得很。她同意他的话,说道:"是呀,我可像是要出嫁的呀,不是吗？"

"你就是永远不会出嫁的，你也知道。"不列颠先生说着又衔住烟斗。

"话虽这么说，难道你认为我真不会出嫁吗？"克莱门希说，态度十分诚恳。

不列颠先生摇摇头："怎么也不会！"

"想想看！"克莱门希说，"好啦！——不列颠，我想将来有一天你会结婚的，不会吗？"

对于这么突如其来的问话，又是关于这么重大的问题，是需要考虑考虑的。不列颠先生喷出了一大团烟，把脑袋一会儿朝这边侧着，一会儿朝那边侧着，两眼端详着烟雾，简直把那团烟当作那句问话了，而他正从各种不同角度观察着它,然后他回答说他并不完全清楚,不过——对——啦,他最终也许会的。

"不管她是谁,我祝她快乐啊!"克莱门希大声嚷道。

"哦,她会快活的,"不列颠说,"这是够保险的。"

"可是,如果没有——并不是我要那么做,那只是偶然的,我可以肯定——如果没有我的话,"克莱门希说着把半个身子探过桌子来,凝视着蜡烛,在回忆往事,"她将来是不会有那样快乐的生活,将来也不会有么和蔼可亲的丈夫;你说,不列颠,她会有吗?"

"当然不会有的。"不列颠先生回答说,

到这当儿他已经非常欣赏他的烟斗,在这种时候要说话只能把嘴张开一条小缝儿;他一动不动非常舒适地坐在椅子上,只能朝他的伙伴转过眼睛去,而且是顺从的,眼神又显得非常严肃。"哎,我极其感激你呀,你知道,克莱姆。"

"天呀,你这么说,叫我一想起来就高兴哪!"克莱门希说。

与此同时,她的思想和他的视线都转移到蜡烛油上去,突然间她联想到它可充当香脂使用的治疗特性,便把那药物在自己的左肘上厚厚地涂上一层。

"你瞧我一生中曾经做过许许多多各种各

样的研究,"不列颠带着哲人的渊博口吻继续说道,"对什么都好探讨;我也念过不少的书,是关于一般事物的是非问题,因为我开始生活时,是亲身投入文学这个行当去的。"

"真的吗?!"克莱门希佩服得不得了,嚷了起来。

"真的。"不列颠先生说,"几乎整整两年工夫我躲在一个书摊的后面,随时准备跳将出来捉拿偷书的人;那以后我给一个束腹和斗篷制造商当运输工,他们雇用我叫我担任的职务是搬运覆盖着油布的篓筐,里面装的尽是骗人的东西——使我意气大大消沉,动摇了我对人类天性的信任;那以后,在这个家庭里我又听到议论纷纷,我变得更加消沉了;然而我毕竟还是认为,要确保精神令人舒适的温和,以及作为人生的愉快指南,没有什么比得上一个肉豆蔻擦板了。"

克莱门希正要提供意见,却让他挡住,因为他已经预料到她要说什么了。

"连同——"他庄重地补充说,"一个顶针箍。"

"己所不欲,你明白,之如此来①,啊!"克莱门希显然对自己做的这一阐述得意非凡,她自在地双臂合抱在胸前,轻轻拍着两个手肘,

---

① 原文 and cetrer;克莱门希没有文化,把拉丁文 et cetera(诸如此类)念成 and cetrer。

"这是一条捷径,可不是吗?"

"我不能肯定,"不列颠先生说,"这会不会被认为是一条好的哲理,我拿不准;可是它是经久耐用的,而且还可以免除不少纠纷,而正统的文章却往往不是这样。"

"瞧你呀,你自己过去一度是怎么样儿的,你知道!"克莱门希说。

"啊!"不列颠先生说,"可是最最出奇的事,克莱姆呀!却是我竟然在有生之日,还能改变过来——通过你。这件事怪就怪在这一点上。竟然是通过你呀!喂,我料你脑子里连半个主张都没有吧?"克莱门希听了这话满不在意,一点儿也没生气,咧开嘴笑了,沾沾自喜地说:"没有呀,她从来没以为自己有。"

"我完全肯定她没有想到过。"不列颠先生说。

"你大概是对的,"克莱门希说,"我对谁也不装假。一丁点儿假我都不装。"

本杰明·不列颠把烟斗从嘴上拿下来,笑开了,笑啊笑的,笑得眼泪直淌下面颊。"你可实在是个大傻瓜呀,克莱姆!"他说着一边直摇头,觉得这个玩笑回味无穷,一边擦着眼睛。而克莱门希呢,她一点儿也不想为自己辩护,却跟他一样笑开了,笑得跟他同样尽情,毫不差劲。

"我可真没办法不喜欢你哩,"不列颠先生

说,"你是有你那种作风的非常之好的人儿哪!让我们来握一下手,克莱姆。以后不管出什么事,我总会把你放在心上,总会是你的朋友的。"

"真的吗?"克莱门希回答,"哎呀!你真好!"

"真的,真的,"不列颠先生说着把烟斗递给她去把烟灰倒出来,"我会支持你的。听!什么奇怪的声音?"

"声音!"克莱门希跟着说。

"外边有脚步声哪。像是有人从墙上跳下来的声音。"不列颠说,"他们都上楼睡觉了吗?"

"睡了,到这时候全都睡了。"她答道。

"你一点儿也没听见吗?"

"没呀。"

他们俩一同听着,但什么也没听见。

"让我告诉你该怎么办,"本杰明一边说一边取下一个灯笼,"我得出去巡视一周再睡觉,那样才能把事情彻底搞清楚。来,我点灯,你开门,克莱姆。"

克莱门希利落地照办了;但是她一边开门,一边说他去巡视是白费心机呀,又说一切都是他想象出来的呀,诸如此类的话说了一大堆。不列颠先生说,"很可能是这样。"可是他仍然冲将出去,带上一根拨火棒充当武器,提起灯笼朝四下里远远近近地照着。

"静得像教堂的墓地呢,"克莱门希望着他的背影说,"也几乎像那儿一样阴森森呢!"

她回过头往厨房里看时,一个轻盈的人影悄悄地在她眼前呈现,把她吓得叫了起来:"那是什么呀!"

"别作声!"玛丽安焦虑地压着嗓门说,"你一直是爱我的,不是吗?"

"爱你,孩子!你可以肯定我是一直爱你的。"

"我肯定。我还可以信赖你,可以吗?眼下除了你没有其他人我可以信赖的啦。"

"可以。"克莱门希由衷地说。

"有个人在这扇门外边,"她指了指门说,

"今晚我必须跟他见面,有话要跟他谈。迈克尔·沃顿,请看在上帝的分上快走开!现在不是时候啊!"

克莱门希随着说话人的眼光望去,只见一个黑影站在门口,她大吃一惊,又诧异又忧虑。

"再待一会儿你就可能被人撞见,"玛丽安说,"现在还不是时候!请你躲起来再等一会儿,我就来。"

他向她挥了挥手,走了。

"别去睡觉,在这儿等我!"玛丽安急匆匆地说,"我到处找你,已经找了一个钟头。我有话要跟你说。哦,你要对我忠实呀!"

她焦急地抓住给搞糊涂了的克莱门希的一

只手,用双手把它压到自己的胸口——这一包含着恳求的激情的动作要比最令人折服的央求更富有意味,接着她就走了;因为被提回来的灯笼的光射进屋来了。

"一片寂静,平安无事,一个人也没有。我看确实是想象。"不列颠先生说着把门上了锁又落了闩,"是丰富的想象力的一种作用。喂,怎么啦,出了什么事呀?"

克莱门希藏不住诧异和担忧对她的影响,这时候她坐在一张椅子上,脸色苍白,从头到脚浑身打着战。

"什么事!"她跟了一句,紧张地擦着手和胳膊肘,这儿望望,那儿望望,就是不朝他望。

"你干的好事,不列颠,你干的呀!什么声音啊,灯笼啊的把人家吓死了,我就不知道究竟是怎么回事。还问我什么事!还问我!"

"要是你让灯笼给吓得半死,克莱姆,"不列颠先生说着便泰然自若地把灯笼吹熄,重又把它挂起来,"那么那个鬼怪是很快就被赶跑了的。可是总的说来,你原是非常勇敢的呀①!"说到这儿他顿住了,端详着她,"而且在声音啊,灯笼啊,那些事发生以后你仍是非常勇敢的。你心里转了个什么念头啦?没什么念头吗,呃?"

---

① 原文 as bold as brass,意"极其无耻",在此
　为不列颠误作"非常勇敢"之意。

但是克莱门希按照跟惯常很相像的样子向他道了晚安以后，便着手奔忙张罗，表示自己马上要去睡觉了。这时候，小个子不列颠先是嘟囔了一句"女人的妄想真不可理解"，说完了也向她道晚安，拿起蜡烛，昏昏沉沉地拖着步子走去睡觉了。

四下里静悄悄的，玛丽安这才又走了回来。

"把门打开，"她说，"我在外边跟他讲话的时候，你要紧靠我身边站着。"

尽管玛丽安战战兢兢，她的态度中却显示着她的坚定不移的意志，使得克莱门希抗拒不了。克莱门希轻轻地开了门闩；但她没有开锁，回过头望着那少女，而她正等着她开门，好朝外走。

那个脸蛋儿并不避开她的目光,表情也不沮丧,而是绝顶的美丽年轻,这时正照直望着她。这时有一种单纯的意识,认为在这幸福的家庭、这美丽的少女的高贵的爱情,和可能给这家庭带来孤寂凄凉、给这家庭的最心爱的宝贝儿带来毁灭的什么事,这两者之间的屏障实在太脆弱了!这意识猛烈地袭击着克莱门希的柔软的心,使她的心满溢着哀伤和怜悯,她哇地哭开了,猛伸出两臂搂住玛丽安的脖子。

"我懂得很少,亲爱的,"克莱门希哭着说,"很少很少;但我知道不该这样。想一想你在做什么呀!"

"我已经想过许多次了。"玛丽安温柔地说。

"再想一次吧,"克莱门希恳切地要求她,"等明天再说吧。"玛丽安摇摇头。

"为了艾尔弗雷德先生,"克莱门希说,她的真挚是朴素的,"为了你向来那么热爱的他,再想一次吧!"

这当儿玛丽安低下头去,两手掩住脸,跟着说"一次!"仿佛这个词儿撕碎了她的心似的。

"让我出去,"克莱门希又安慰她说,"我去把你要说的话告诉他。今晚你可别走出门去呀。我相信那样做不会有好结果的。唉,沃顿先生被带到这儿来的那天,可真是个不幸的日子哪！想一想你的好父亲，宝贝儿——想一想你的姐姐吧。"

"我想过了，"玛丽安急速抬起头，说道，"你不明白我在做什么。我必须跟他说话。听了你刚才对我所说的，我认为你是世上最好、最可靠的朋友，但我非走这一步不可呀！你跟我一同去吧，克莱门希，"说到这儿，她吻了吻克莱门希友善的脸，"还是我独个儿去呢？"

克莱门希又悲伤，又疑惑，开了锁，打开门。玛丽安牵着她的手，急速地跨过门槛，进入门外那黑沉沉的、吉凶未卜的夜色中去。

在昏暗的夜色中，他迎了上来，他们热切地谈了很久。他们谈话时带着强烈的感情不知不觉地加强了语气,同时,由克莱门希紧紧握着的玛丽安的那只手一会儿发抖,一会儿变得冰冷,一会儿又把克莱门希的手捏得紧紧的。她俩往回走时,他跟着走到门前,在那儿停留了一会儿,接着抓起她的另一只手,把它压在自己的嘴唇上,然后悄悄地走了。

门又下了闩,上了锁,她重又站在她父亲的家里了。她虽然那么年轻,却没有因为由她带到这儿来的那个秘密而消沉;脸上仍带着先前我无以名状的那种表情,透过闪耀着的泪水呈现出来。

她再次向她的谦逊的朋友道谢,谢了又谢,并且如她所说的,有绝对的把握完全信赖她。

她安全地回到了卧室,跪了下来;秘密压着她的心,她竟然还能祈祷!

祈祷完毕站起身来时,她还能那么平静安详,向睡着的亲爱的姐姐俯下身去时,她还能望着她的脸,还能现出笑容——尽管那是悲哀的笑容;吻了吻姐姐的额头,喃喃自语说格雷丝怎样一直像母亲似的看顾她,她自己又像孩子似的爱她!

躺下歇息的时候,她还能把那个听任摆布的手臂拉过来搂着自己的脖子——那个手臂似乎是出于自愿地紧贴在那儿,甚至在睡眠中也温柔地护着她——她竟然还能对着那微张着的双唇轻声低语,愿上帝保佑她!

她还能平平静静地入睡；只是她做了个梦，在梦中她叫喊起来，声音是那么天真无邪而动人，她喊说她多孤单呀！他们把她全给忘了呀！

时光即使用的是它最磨磨蹭蹭的步子，不久一个月也就过去了。那一晚和约定艾尔弗雷德回家来之间的那一个月确实溜得快，像蒸汽似的一下子散发光了。

这一天到了。是严冬的一天，在那种日子里，有时候这幢古老的屋子备受震撼，它在阵阵狂风中直打战。那是个使家庭加倍可爱的日子；是个给炉边带来新的欢乐的日子，把团团围着炉火的脸蛋儿照得显得红彤彤、热烘烘的日子;是个把每一个壁炉旁的人群引得更接近、成为更亲密的联盟,来反对外边咆哮的暴风雪的日子。在这样狂暴的冬日,最适宜于闭门不出而作消磨这夜晚的准备,对于拉上窗帘的房间和欢愉的面容、音乐、欢笑、跳舞、灯火和愉快的款待,也是再适宜不过的!

所有这些,那医生都已有所准备,他要这样欢迎艾尔弗雷德的归来。他们知道入夜之前他是到不了的;他说等艾尔弗雷德来到近处时,他们要使夜空回响着欢乐声。艾尔弗雷德所有的老朋友该聚集在他的身旁。所有他认识和喜欢的面孔都该让他见到,一个也不该漏掉。一个也不!他们都应该来!

于是客人请来了，乐师雇到了，桌子摆好了，还为活跃的脚步收拾了地板，还用种种热情周到的方式准备了丰富的食品。此时正值圣诞节时令，他原就对英国的冬青和它那呆板的绿色非常不习惯，因此跳舞厅是用花环装饰，再挂上了一些冬青；殷红的浆果在簇叶中隐约可见，向他闪烁着英国式的欢迎。

对于这一家所有的人，这是忙碌的一天，然而没有一个人比格雷丝更忙的了。她到处轻声指挥着，是所有准备工作中的一名兴冲冲的干将。这一天，克莱门希忧心忡忡地，几乎是恐怖地瞟了玛丽安好多次（在飞逝而过的前一个月她也是如此）。她看见她的脸色或许比平日苍白些;但是流露出一种沉着的可爱的表情,使她比以往任何时候都更加美丽。

晚上,她穿着打扮一番,格雷丝得意扬扬地为她编的一个花环,她也戴上了——这花环用的是艾尔弗雷德最喜欢的假花,格雷丝在挑选的时候就记得这一点。先前那种表情,忧郁得几乎哀伤,却又那么脱俗、崇高和激动人心,这时候又出现在玛丽安的眉宇间,而且加深了百倍。

"下次我在这个美丽的头上编的该是新娘的花冠了,"格雷丝说,"要不然我就不是个真先知啦,亲爱的。"

她的妹妹笑了笑,把她搂在怀里。

"等一等，格雷丝。别马上离开我。你已肯定我不再要什么了吗？"

事实上她所关心的并非这事，而是她姐姐的面庞，她温柔地定睛望着它。

"我的手艺，"格雷丝说，"尽止于此了，亲爱的姑娘；你的美丽也已达到顶峰了。我从没见过你像现在这样美呢。"

"我从来没有这样快乐过。"她说。

"啊，还有更大的幸福在后头呢。在像这样的另一个家里，像今晚这个家这样欢欣、这样明亮，"格雷丝说，"艾尔弗雷德和他年轻的太太快要在那儿过活了。"

她又笑了一笑："在你的想象中，格雷丝，

那是个幸福的家。我可以从你的眼睛里看出这一点。我知道那个家一定是幸福的,亲爱的。知道这情况我是多么快活啊。"

"好啦,"医生忙得不可开交,奔进屋里来嚷道,"我们大家可都准备好啦,就等迎接艾尔弗雷德了,呢?他很晚才到得了这儿——要到午夜之前一个钟头左右——因此在他来到之前,我们有许多时间可以尽情欢乐。别叫他看见死气沉沉的气氛才好啊。不列颠,把这炉火弄得高些!让火光把冬青照得亮亮的,使它再闪光呀!这是个胡闹的世界,小姑娘!什么忠实的情侣啦,还有其余的一切——全都是胡闹;但我们却要跟其余的人一起胡闹,给我们那位真诚的情郎一次疯狂的欢迎!哎呀!"老医生自豪地望着他的两个女儿,说道,"今晚我确实干了好些荒唐事,头脑也不太清楚,可是我是两个漂亮的少女的父亲,这我是清楚的。"

"也清楚对其中一个曾经做过的一切,或者可能要做的一切——可能要做的一切呀,最亲爱的爸爸——给你带来痛苦或者悲伤,要宽恕她,"玛丽安说,"现在就宽恕她,这会儿她的心正激动得很呢。说你宽恕她吧,说你会宽恕她的,说她会永远分享到你的爱,并且——"下面的话没说出来,因为她的脸已经伏在老人的肩膀上了。

"啧！啧！啧！"医生温柔地说，"宽恕！要我宽恕什么哪？嗨，要是我们的忠诚的情侣回家来要像这样烦扰我们的话，我们得跟他们保持一个距离啦；我们得打发几名听差去，把他们在半路上截住，带他们一天走一两英里路，直到我们完全准备好怎样对付他们！吻我，小姑娘。宽恕！哎呀，傻丫头！要是你一天叫我恼火、跟我作对五十次的话，我也完全宽恕你；可是一次也没有呀，要我答应这样的恳求，我办不到！再吻我一次，小姑娘。好啦！一个展望未来，一个追溯过去——我们之间的账清啦。把这儿的火烧得旺一些！这么冷的十二月夜晚，你想把人冻死？让大家轻松愉快、暖和欢乐吧！要不我是不能宽恕你们这些人的！"

老医生就是这么兴致勃勃对待这些事！火烧旺了，灯光更亮了，客人们来了，快活的谈话声叽叽喳喳起来了，整幢房子已经熙熙攘攘、充满了令人愉快兴奋的舒适气氛了。

成群的客人越来越多了。欢快的眼睛望着玛丽安，闪耀着亮光；微笑的嘴唇提起艾尔弗雷德的归来给她带来了喜悦；聪明的妈妈们情绪激动，她们希望她不至于因太年轻和不坚定而做不好单调的家务事；鲁莽的爸爸们不光彩了，因为他们对她的美貌赞扬得过多了；他们的女儿们羡慕她；他们的儿子们羡慕艾尔弗雷德；无数对的情人们都在这场合中得到好处；

所有的人都兴高采烈,都期待着。

克雷格斯先生和太太胳膊挽着胳膊来了,但是斯尼奇太太却独个儿来。

"咦,他怎么啦?"医生问道。

斯尼奇太太回答说,"毫无疑问,克雷格斯先生知道——我向来是一无所知的。"说这话时,在她头巾式的帽子上那根极乐鸟的羽毛抖动了起来,好像那鸟又复活了。

"那个事务所可讨厌极了。"克雷格斯太太说。

"我恨不得它给一把火烧光才好哩。"斯尼奇太太说。

"他是——他是——有点公事把我那同事

拖晚了。"克雷格斯先生说着很不安地朝四下里望了望。

"哦——！公事！我看未必是吧！"斯尼奇太太说。

"我们是知道所谓公事指的是什么的。"克雷格斯太太说。

也许她们实际上真不知道，因而斯尼奇太太的极乐鸟的羽毛才抖动得有点儿兆头不妙，从克雷格斯太太耳环上垂下的那些小东西也才像小铃铛似的摇晃个不停。

"我奇怪你却脱得了身，克雷格斯先生。"他的太太说。"克雷格斯先生运气好呀，我肯定！"斯尼奇太太说。

"那个事务所简直把他们吸住啦。"克雷格斯太太说。

"有事务所的人根本就没有结婚的权利。"斯尼奇太太说。

接下来斯尼奇太太心想,她对克雷格斯看的那一眼已经穿透他的灵魂,而且他是明白这一点的;克雷格斯太太则对克雷格斯说,"他的那些斯尼奇"呀,背着他在耍鬼把戏呢,到他发觉的时候已经来不及啦。

克雷格斯先生却不大理会这些劝告,他仍旧很不安地四下张望,直到他的目光落在格雷丝身上,他马上迎上去。

"晚安,小姐,"克雷格斯说,"你真漂亮。

你的——小姐,你的妹妹,玛丽安小姐,她——"

"啊,她很好,克雷格斯先生。"

"是的——我——她在这儿吗?"克雷格斯问道。

"在这儿!你没看见她在那边吗?你没看见她正要跳舞吗?"格雷丝说。

克雷格斯为了要看得清楚些,便戴上了眼镜;他戴着眼镜把她看了好一阵,然后咳了一声,很满意的样子,把眼镜重又装入护套子,放进衣袋里。

这会儿音乐开始了,人们跳起舞来了。明亮的火噼噼啪啪地响着,火花四射,火舌一起一落的,就好像跟大家有着深厚的友谊,也参加了跳舞似的。它时而发出轰隆隆的响声，似乎也要奏乐；时而一闪一闪地发光，仿佛是这间古老的屋子的眼睛；有时它也眨眼呢，像一位心领神会的家长朝着在角落里悄声交谈的青年们使眼色；有时候它跟冬青树枝开玩笑，向它们间歇地射光，使它们看去好像重又处在严寒的冬夜里，在冷风中簌簌发抖似的；有时候它那温和的脾性变得放荡不羁，突破一切约束；于是它忽然响亮地"啪"的一声，把一簇不伤人的小火花向屋子中投去，投在闪烁着光的脚中间，接着在狂喜中像发了疯似的跳呀蹦呀地跃进了寒冷的宽烟囱里去了。

　　另一次的舞蹈快要结束了，这时候斯尼奇

先生碰了碰他那正在看热闹的伙伴的胳臂。

克雷格斯先生吓了一跳,好像他的这个熟朋友竟是个幽灵似的。

"他走了吗?"

"嘘!小声点儿!他在我那儿,"斯尼奇说,"待了三个多钟头呢。他把一切都察看了一遍。研究了我们给他所做的所有布置,可真仔细哪。他——哼!"

舞蹈结束了。他还在说着,玛丽安在他跟前走过。她没有注意到他,也没看他的伙伴一眼;只是一边侧着头望着远处的姐姐,一边慢慢走进人群中去,后来就看不见了。

"瞧!一切都稳稳当当,都很好着呢,"克

雷格斯先生说，"他没再提那问题吧，我想？"

"一句也没提。"

"那他真的走了？他靠得住走了吗？"

"他遵守了他的诺言。他乘他那艘貌似游艇的玩意儿在河里顺着潮势去了，就那样在这漆黑一团的夜里出海去了！——真是个蛮干的家伙——还是顺着风呢。别处再也没有这么偏僻的路子了。这是一点。他还说午夜前一个钟头要涨潮——差不多就是这会儿啦。好呀，这件事总算了结啦。"斯尼奇先生抹了抹额头，他的额头显得又急躁又忧虑。

"你是怎么想的，"克雷格斯先生说，"关于那——"

"嘘！"他的谨慎的伙伴答道，他的眼睛直瞪瞪地朝前面望着，"我明白你问的是什么。别提人名，也别显出我们在谈秘密话。我不知道该怎么想，老实告诉你，我现在可不在乎。真是松了一大口气了。我看，是他的自负骗了他自己。也许那姑娘稍为卖弄了风情。根据迹象似乎是这样。艾尔弗雷德还没到吗？"

"还没有，"克雷格斯先生说，"随时都会到的。"

"这样就好。"斯尼奇先生又抹了抹额头，"真是松了一大口气。自从我们俩合伙以来，我还没像这样紧张过呢。我现在要消遣消遣啦，克雷格斯先生。"

正当他宣布这一意图时，克雷格斯太太和斯尼奇太太迎上来了。这时候，那只极乐鸟是处在极端激动的状态之中，而那些小铃铛也叮当可闻了。

"这个一直是人家普遍议论着的主题呢，斯尼奇先生，"斯尼奇太太说道，"我希望事务所感到满意了。"

"对什么感到满意呀，亲爱的？"斯尼奇先生问。

"使一个孤苦无助的女人任人奚落议论呀。"他的太太回答，"事务所就是干这号事的，就是呀。"

"我呢，其实呀，"克雷格斯太太说，"早

已习惯于每提到事务所就联想到所有跟家庭生活对立的事物,因此,认出它是我的安静生活的死对头倒也痛快。不管怎样,这是句老实话呀!"

"亲爱的,"克雷格斯先生央求道,"尊意是宝贵的,但我从来没有承认事务所是你安静生活的敌人哪。"

"没有,"克雷格斯太太说道,顿时那些小铃铛大响起来,只听得一阵叮叮当当的声音,"你确实没有承认。倘若你是个真正的人而肯承认的话,那么你就配不上那事务所啦。"

"说到我今晚不在家,没能和你一起来,"斯尼奇说着伸出胳臂让她挽着,"丧失这权利的肯定是我呀；但是，正如克雷格斯先生所知道的——"

斯尼奇太太听到这儿，猛地把她的丈夫拉到远处，就这么打断了他的话，接着叫他瞧瞧那个人。求他对她行个好，瞧瞧那个人哪！

"要我瞧哪一个人呀，亲爱的？"

"你那个特选的伴侣呀；我可不是你的伴侣，斯尼奇先生。"

"你是,你是,你是呀,亲爱的！"他插嘴说。

"不是，不是，我可不是，"斯尼奇太太盛气凌人地笑了笑说，"对我自己的身份，我是清楚的。请你瞧瞧你那位特选的伴侣吧，斯尼奇先生；瞧瞧你的那位鉴定人，那位替你保守秘密的人,那位你所信任的人吧;总之一句话,瞧瞧另外的一个你自己吧!"

斯尼奇先生把"本人"与"克雷格斯"连在一起使用,原已习以为常,这时这个习惯促使他朝那个方向望去。

"今晚如果你能胸怀坦荡地正视那个人,"斯尼奇太太说,"而还不领悟自己是受了骗,是被人利用,已成了他的诡计的牺牲品,还不领悟自己是受了什么不可理解的魔力的迷惑,竟至服服帖帖地屈从于他的旨意,这魔力叫人简直无从解释,而且我的警告也丝毫不起作用,那么我所能说的也只是——我可怜你呀!"

恰好在这同时,克雷格斯太太正在谈论着

一个相反的题目,她的措辞玄妙深奥。她说,克雷格斯竟然如此对他的斯尼奇们一味盲从,以致感受不到自己的真实处境,难道这是可能的吗?难道他见了他的斯尼奇们走进屋来面对那个人的阴刁狡诈、背信弃义却视而不见吗?难道他要告诉她说,那个人抹了抹额头,又贼头贼脑地朝四下里望了望,那人的一举一动还不能证明在他宝贝的斯尼奇们的良心上(如果那个人真有良心的话)有个重压,而且是见不得人的吗?除了他的斯尼奇们,难道还有什么人像强盗似的来赴宴作乐吗?——这里顺便说一句,当时的情况未必足以证明这一点,因为他是斯斯文文走进门来的呀!然而,在正午时分(而这会儿已将近午夜了)他是不是依然无视所有事实,所有情理以及所有体验,仍要对她坚持说他的斯尼奇们在任何情况下都是正确的?

斯尼奇也好,克雷格斯也好,他们俩都不打算公然而起挡住像这样临到他们头上的潮流,他们俩都心甘情愿听任它把他们轻轻地卷走,他们随波逐流,卷啊卷的,直到后来它的力量减弱了下来。这时候正碰上大家都为一种乡村舞开始活动着,于是斯尼奇就建议自己做克雷格斯太太的舞伴,克雷格斯先生则向斯尼奇太太献殷勤,提出要做她的舞伴;而两位太太呢,稍作推辞之后,又说了"你怎么不请别人呀"！"如果我拒绝，我知道你会高兴的"，"真叫我吃惊，你居然能跳出事务所来啦"（不过这会儿说这句话当然是开玩笑啰）诸如此类的话，然后，都宽大为怀地接受了邀请，站到各自的位置上去了。

他们这样做确实已成了他们之间的老习惯了，他们平时在午宴和晚宴中也都是如此配对的；因为他们的友谊确是极其深厚的，关系亲密，无拘无束。也许呢，说什么欺诈的克雷格斯啦，什么邪恶的斯尼奇啦，都是两位太太所公认的一种虚构，她们就像雌鹿在它们的活动范围内奔忙那样跟踪她们的丈夫；要不就是，这两位太太也许不愿自己被排斥于局外，而自认为在这项营业中有份儿,就自己承担起责任来。然而有一点是确实的,那就是:两位太太在从事各自的业务方面跟她们的丈夫同样认真严肃、扎扎实实,而且她们都会认为,要是没有她们值得称赞的努力,这个公司要继续成功,要保持它的社会地位,那几乎是不可能的。

而这会儿可以望见那极乐凤鸟已在人群中间拍着它的翅膀;那些小铃铛随着跳环舞而开始蹦了起来,叮叮当当响得正欢;那医生红扑扑的脸蛋儿朝这边那边转个不停,活像一个给上了重釉的、富有生气的木陀螺;气喘吁吁的克雷格斯先生呢,已开始心中嘀咕,认为乡村舞跟其他世事一样,是否安排得"太从容不迫"了;斯尼奇先生则轻捷地又是蹦又是转的,为了"本人和克雷格斯"跳着舞,还一口气又跳了六场哩!

炉火这会儿也再一次意气风发了,借助于由舞蹈唤醒了的阵阵轻风,烧得炽烈耀眼。它是这个屋子的守护神,到处都有它。它在人们的眼睛中闪耀,它使戴在姑娘们雪白的颈项上的珠宝光彩夺目,又在她们耳边闪烁,似乎对她们窃窃私语着;它在她们的腰上晃来晃去;它在地板上不停地摇曳着,为她们的脚把地板抹上一片玫瑰红的颜色;它照亮了天花板,使它的红光跟她们欢快的脸相辉映;它还把克雷格斯太太的小钟楼点染得光辉灿烂。

现在舞曲的拍子加快了,舞蹈更加活跃了,扇动着火的轻风随着也不那么斯文了;刮来一阵微风,吹得树叶和浆果在墙上跳起舞来,就如它们常在树上跳舞那样;微风在满屋子里沙沙作响,犹如一群看不见的仙女,踏着那些狂欢的有形体的人们的足迹,跟着他们转圈子。现在那位医生转呀转的,转得他五官都让人分辨不清了;现在似乎有十二只极乐鸟在时起时伏地飞翔着;现在有一千个小铃铛在叮当响着;现在音乐停止了,舞蹈结束了,一阵小风暴刮皱了数不清的扬起了的衣裙。

医生又热又上气不接下气,尽管如此,这只有使他等待艾尔弗雷德的来到等得更不耐烦了。

"看到了什么没有,不列颠?听见什么声音吗?"

"太黑了,看不远呀,老爷。屋子里太闹了,什么也听不见。"

"这样才好呀!这样才是对他更快活的欢迎呀!什么时候了?"

"刚好十二点,老爷。他快要来了,老爷。"

"把火拨旺,再扔一根干柴进去呀!"医生说,"让他来到的时候看见——好孩子呀!——从屋子里射出去的火光照亮夜色在欢迎他!"

他看见啦——看见啦!那辆轻便马车挨着

那个古老的教堂拐弯奔过来时,他在马车里就看见那亮光了。他认得射出亮光的那间屋子。他看见挡在他和那亮光之间的老树的冬天的树枝。他知道这些树中,有一棵树,每当夏日,总是在玛丽安的寝室窗前发出悦耳的瑟瑟声。

他噙着泪水。他的心那么猛烈地跳动着,他几乎承受不住他的幸福了。他在那遥远的地方曾多少次想及这个时刻啊——想象着各种细节——还曾担忧这一时刻永远不会来到——他渴望着,焦急地等着!

又是那亮光!清清楚楚,通红通红的;他知道那亮光是为欢迎他而点燃的,是为催促他快回家而点燃的。他招着手,举起帽子挥舞,又大声欢呼,好像那亮光就是他们似的,就好像他满怀着喜悦,在泥淖和泥坑中向他们冲去时,他们能看见他,也能听见他似的。

停下来!他了解那医生,他明白他做了些什么。医生不让他回家来成为他们意料不到的事,然而他还是可以出其不意地跑路回家呀!要是果园的栅门打开着,他可以从那扇门进去;要不,那道墙也是很容易爬的,他从前就知道这一点;那样,他就会突然间在他们面前出现了。

他下了马车,吩咐车夫——他激动得连说这句话都感到困难——吩咐他在原地停留几分钟后,再在他身后慢慢跟着。说完他飞快地向前跑去，试推一下栅门，然后爬上墙，朝那一边跳下去，站在那老果园里直喘气。

树木都蒙上了一层严寒的白霜，在被云遮住了的月亮的微光下，白霜像一个个死气沉沉的花环依附在较小的树枝上。他蹑手蹑脚地向屋子走去，枯萎的落叶在他脚下噼噼啪啪作响，冬夜的凄凉笼罩着大地，弥漫在空中。可是红色的亮光欢快地从窗子那边向他照射过来；隐隐约约的人影在窗前来回闪着；忙忙碌碌的声响和人们的低语声亲切地传到他的耳中。

他留神听着，要听出她的声音；他一边继续轻轻走着，一边试着把她的声音从其他的声音中分辨出来，他几乎相信自己已经听见她的声音了;他快要走到门口了,门忽地打开,一个人影跑出来,冷不防遇上了他。那人影倏地退缩,忍不住叫喊了一声。

"克莱门希,你不认得我了?"

"别进来!"她回答,把他朝外面推去,"走!别问我为什么,别进来。"

"什么事呀?"他惊叫了起来。

"我不知道。我——我不敢想。回去!回去呀!"

屋子里顿时起了骚动。她举起双手掩住耳朵,传来一声尖锐刺耳的狂叫声,那是用手掌万万挡不住的;随即格雷丝从门里冲出来,她的面容和态度都显出心烦意乱、无所适从的极端纷乱的状态。

"格雷丝！"他把她抱住,"什么事呀！是她死了吗！"

她挣脱了身子,似乎要辨认他的面孔,接着就瘫倒在他的脚旁。

一大群人从屋子里出来围着他们。其中有她的父亲,手里拿着一张纸。

"什么事呀！"艾尔弗雷德大声喊叫,双手扯着头发,他屈身跪在那已昏厥过去的少女身旁,痛苦地望着一个个人的脸,"你们一个也不要望我一眼吗？一个也不要同我说话吗？难道你们都不认得我了？难道你们都没嗓子,都不能告诉我究竟是怎么回事吗？"

人群中发出低语声:"她不见了。"

"不见了!"他跟着说。

"逃走了,我亲爱的艾尔弗雷德!"医生摊开双手,伸在前面泣不成声地说,"丢下她的家和我们走了。在今晚啊!她留下一张纸条,说她已做了清白无辜、无可指责的选择——恳求我们宽恕她——请求我们别忘记她——就这么走了。"

"跟谁走的?到哪儿去了?"

他猛地站起身来,那样子像是要跟踪追赶;可是人们朝后退,给他让路时,他那狂乱的眼光却向他们环视一周,又踉跄地走回来,屈下身去,姿势跟先前一样,紧紧握着格雷丝的一只冰冷的手。

人们慌忙地跑来跑去,一片混乱、嘈杂、骚动、茫然。有的开始走开,分散在几条路上,有的骑上了马,有的提了灯,有的交谈着,肯定毫无踪迹,无从追寻了。有的亲切地走到他身旁,要安慰他;有的劝他该把格雷丝送进屋里去,说他挡住了去路。他们的话他一句也没听见,他一动不动。

雪下得很大,很密。他抬头朝天空望了一会儿,心里想着,撒在他的希望和痛苦上的白色灰烬跟它们正相称啊。他朝周围望了一下那片变白了的大地,心里又想着玛丽安的足迹一留下就会马上给遮住,给完全盖掉,甚至连对她的记忆也会给抹去。但他一点也不感觉寒冷,他一动不动。

第三部

自从艾尔弗雷德回到家的那个夜晚,这世界到现在又长了六岁了。这是秋天的一个暖和的下午,曾经下过一场滂沱大雨。忽然间,太阳从云堆中钻了出来;那个年代久远的战场见了它,便在一处青葱的地上起了反应,闪着耀眼欢乐的光,发出欢迎的光彩,这光彩在田野上一路伸展开去，好像先在一处点燃起喜气洋洋的烽火，接着一千个场所也响应了似的。

　　在光彩中闪耀着的景色多么美丽啊！那道绚丽的感应像神仙从天而降，向前移动着，照亮了一切！那树林，原先是昏暗的一片，现在展现出它斑驳多彩的色泽，黄的，绿的，棕色的，还有红的。雨滴逗留在各种形状的树木的叶子上，闪烁着，往下滴的时候一闪一闪的。那青翠肥沃的土地，色彩鲜艳灿烂，仿佛它一分钟前是瞎眼的，现在能够看见了，正仰望着光辉夺目的天空。麦田、灌木的树篱、栅栏、家宅、挤在一块儿的屋顶、教堂的尖顶、溪流、水车，它们全都微笑着从阴沉的黑暗中涌现出来。鸟儿唱起悦耳的歌，花朵昂起了下垂的脑袋，清新的芳香从赐予了活力的土地上升起来了；蔚蓝的天空在延伸、在扩展；在飞逝中还流连着的云朵，那阴沉的边缘，已经被斜阳的光芒狠狠地刺穿了；一弯彩虹——那装饰着天地万物的所有色彩的精灵，以凯旋的荣耀横跨过整个苍穹。

就在这样的时候，有一个小小的路边客栈，舒适地掩蔽在一棵大榆树后面，绕着那粗壮树干的，是那种难得的环形椅，供闲荡的人们歇脚，这样的外表使一个旅客见了就感到愉快。招待场所原该如此，它默默地用种种有效的保证吸引了他，保证他将受到惬意的款待。

红色的招牌高高地钉在树上，那上面金色的字在阳光下闪烁着，活像一张快活的脸蛋儿，透过簇簇绿叶的缝隙，向过路的人频送秋波，并且保证供应好酒菜。马槽里盛满新鲜清澈的水，在它下面的土地上撒着香喷喷的干草，凡是路过那儿的马儿都竖起了耳朵。楼下房间里挂着的绯红色窗帘和楼上一间间小卧室里的洁白帘帷，随着每一阵风向人们召唤道："请进来呀！"鲜绿色的窗板上有宣传啤酒、麦酒、纯葡萄酒和舒适的床铺的金字广告，还有一幅动人图画，画的是一口棕色大壶，壶口满是泡沫。窗台上摆着几个鲜红色的花盆，栽着有花朵的植物，这和房子的白色门面相陪衬，十分醒目；在门廊的暗处有几道亮光，那是从一些酒瓶和大酒杯的表面照射过来的。

在门前的石阶上，也出现一个老板派头十足的人物。因为他尽管是个矮个子，却圆身躯、宽肩膀，两手插在衣袋里，两条腿岔开站在那儿，岔开的宽度恰到好处来表达对于地窖里的储藏十分安心，也表达了他对客栈里的一般资源有着从容的把握——这种把握是那么沉着，那么善良，使他不至于变成一个吹牛家伙。刚才那阵雨后，满溢的水分从所有的花卉树叶上往下滴着，这很好地把他衬托了出来。他的近处没有一草一木是干旱的。一些头重脚轻的大丽花，从他那整洁的、安排得很好的花园的围篱上探头张望着，它们已经尽量喝足了——也许已经过量了些——还很有点儿醉意了呢；可是那些蔷薇、玫瑰、墙上的黄色草花、窗前的花朵、老树上的叶子，它们倒是全部处于适中状态，正闪着光哩，它们所吸收的水分不过多，恰有益于健康，促进了它们最上好的特性的发展。它们向周围地上洒着犹如甘露的水珠，就好像对于天真活泼的欢乐毫不吝啬似的，凡是欢乐降临之处都获益匪浅，它软化了稳定的雨点难得下到的、被疏漏了的那些角落，而对于任何东西也没有带来损害。

这个乡村小客栈在开张时就采用了一个很不寻常的招牌，叫作"肉豆蔻擦板"。就在高高地钉在树上的那同一块火红的木板上,也用的是同样的金字写着"本杰明·不列颠开设"。再看上一眼,再仔细察看一下他的面孔,你就可以认出那个站在门口的不是别人,正是本杰明·不列颠本人呀——当然啰,岁月催人变,不过他是变得更像样了,如今他确实是个再舒适不过的老板啦。

"不列颠太太这么晚还不回来,"不列颠先生朝那条路望去,说,"已经是吃午茶的时候了。"

既然连不列颠太太的影子都见不到,他便慢步溜达到路上去,抬起头端详着房子,非常之怡然自得。"假如我并不经营这个客栈,"本杰明说道,"这也正是我要停留下来歇息的那类房子呀。"

随后他又溜达到花园的围篱那儿看大丽花去了。大丽花探头望着他,它们的脑袋一筹莫展、懒洋洋地耷拉着,上面沉重的水珠往下滴去时,脑袋就重又抬起来了。

"得照料了下你们。"本杰明说,"要记在备忘录里,别忘了对她说这事。她去了可久啦。"

属于不列颠先生的较好的那一半①,也就是他的贤妻,那一半可太好了,以致他本人代表的这一半压根儿给扔掉,没了她,就茫茫然

---

① 原文为 Better half, 直译为"较好的一半",是英语中"妻子"的谑称。

不知所措、无所适从了。

"我想她没有多少事要办呀,"不列颠说道,"有那么几桩赶集的小事儿,可并不多哪。啊!到底来啦!"

由一个小伙子驾驶的一辆运货马车,从路那头辘辘地拐过来了,在车子里一把椅子上坐着的是一个主妇模样、有着丰满身段的女人,她身后有一把湿透了的大雨伞,撑开着要把它吹干,膝头上搁着一个篮子,她那赤裸的双臂交叉着按在篮子上,另外还有好几个篓筐和包包挤在她的周围。她随着车子的颠簸而摆来摆去的当儿,她的脸现出某种欢乐的善良的性情,在她的态度中又有一种心满意足的尴尬样子。

这一切，即使她还在远处，也令人察觉到有着跟旧日风采同样的那种味道。她来得更近时，这种往时的意味并没有减少；车子在"肉豆蔻擦板"门前停下时，有一双鞋子掉下来，唰地滑过不列颠先生张开着的双臂，重重地落到路上，这双鞋子，要不是克莱门希的话，还能是谁的呢。

它们真是她的呢，而且她穿上了，她可是个叫人看了惬意的人，脸色红润，跟往昔一样，她那光滑的脸蛋儿上擦过好多肥皂呢，不过如今胳膊肘已经好了，而且随着她的情况的改善，胳膊肘已经长得胖嘟嘟的，还有几个小窝儿。

"这么晚才回来,克莱姆！"不列颠先生说。

"嘿,你瞧,本,要办的事不少呀!"她一边回答,一边忙着照料所有的袋子呀筐子呀什么的,把它们安安稳稳地搬进屋里去,"八,九,十——十一在哪儿?哦!我这篮子就是十一,没错!哈里,把马牵到马厩里去,如果它还咳嗽,今晚要给它吃热糠啦。八,九,十。咦,十一呢?噢,我忘了,没错。孩子们好吗,本?"

"好着呢,克莱姆,都好着呢。"

"祝福他们可爱的脸蛋儿!"不列颠太太说着便脱下帽子,亮出她自己那滚圆的脸蛋儿(因为这会儿她和她的丈夫已经在酒吧间里了),她张开双手摸着头发,"吻一吻我呀,老东西!"

不列颠先生即刻照办了。

"我想呀,"不列颠太太边说边掏着衣袋,掏出了一大堆薄薄的本子和折皱了的纸张,简直成了个满是狗耳朵的狗窝①啦,"我什么都办好了。账全都结了——萝卜卖了——酒账查过也付清了——烟斗订了货——十七镑四先令,交给银行了——还有希斯菲尔德医生那儿小克利姆的费用——你猜多少——希斯菲尔德医生又不肯接受了。"

"我就料想他不肯接受的。"不列颠回答说。

---

① 原文 dog's-ears 按字面译是"狗耳朵",实际上是"书页的折角"的意思。但是原文中又用了 Kennel(狗窝)一字,是一种文字游戏。因此这里按字面翻译 dog's-ears 为"狗耳朵"。

"他就是不肯呀。他说不管你会有几个孩子，本，他也绝不要你付半便士。要是你有二十个孩子，他也不要你付。"

不列颠先生脸上显出严肃的表情，两眼紧盯着墙壁。

"他不是很仁爱的吗？"克莱门希说。

"非常之仁爱，"不列颠先生答道，"我无论如何也想不到他那么和气啊。"

"意想不到，"克莱门希回嘴说，"当然意想不到啰。再说，那只小马——它卖了八镑二先令。这真不错，可不是吗？"

"真不错呀！"本说道。

"你满意，真叫我高兴！"他的妻子嚷了

起来，"我就知道你会满意的。好啦，我想我全交代完了。因此呀，现在从你的什么等等①，克莱门希·不列颠，再也得不到什么了。哈，哈，哈！喏！把所有的票据拿走，去给锁起来呀。哦！等一下。这儿有一张招贴纸可以粘在墙上。才印出来的呢。气味多好闻呀！"

"这是什么东西？"本说着便仔细看那张纸。

"我不知道，"他的太太回答，"我一个字也还没念过呢。"

---

① 原文为 from yours and cetrer；from yours 是与 truly, sincerely 等单词同用于信尾具名前的客套语。and cetrer 则是克莱门希对拉丁文 et cetera（等等）之误用。

"'全盘拍卖','""肉豆蔻擦板"的老板念道,"'已由私人契约处理者除外'。"

"老一套。"克莱门希说。

"是啊,可这却不是老一套了,"他回答,"听着,'宅第'等等——'事务所'等等,'灌木丛'等等,'圈地的围墙'等等,'斯尼奇与克雷格斯事务所'等等,'迈克尔·沃顿先生意欲继续居留国外,拟将其并无瓜葛、完全保有的财产之装饰部分予以拍卖'!"

"意欲继续居留国外!"克莱门希跟了一句。

"在这儿,"不列颠说,"瞧!"

"就在今天,我在老家听见他们私下里在

说这件事呢,说是很快就要有关于她的较好、较明朗的消息哩!"克莱门希说着伤心地摇了摇头,而且轻轻地拍起手肘,似乎想起了往事,她的老习惯就不知不觉地又回来了,"唉,唉,唉!他们的心情要沉重起来了,本。"

不列颠先生长叹一声,摇摇头,说他对那件事实在弄不懂,而且他也早已不想去弄懂了。说着他就着手把那张招贴纸放进酒吧间橱窗口的边上。克莱门希默默地沉思一忽儿,接着就振作起来,松了松紧锁的眉头,忙着去照料孩子们了。

尽管这位"肉豆蔻擦板"的老板对他的好妻子十分关切,但是这关切是属于旧时的以恩人自居的那种类型，加之，她本身也给了他极大的乐趣。如果他从任何第三者确知，是她管理着整个家务，而且是靠她的单纯的、直截了当的节俭、好脾气，以及诚实勤劳，他才如此兴旺发达起来，那么他一定会惊讶得无以复加。就如世间所常见的，在任何阶层的社会生活中，人们对于那些从不居功自夸的人，是那样随随便便地就以那些人对自己所做的谦逊评价来看待他们；对于那些外表奇特、癖性古怪的人却又那样轻率地抱有好感，而如果我们能够洞察这些人固有的品质，那么与前者相比之下，该会使我们羞惭呢！

不列颠先生一想起自己纡尊降贵，娶了克

莱门希就感到舒心。在他看来,她就是他心肠好、性情仁慈的永远的证据;他还认为自己得到像她这么杰出的妻子,是老格言"德行自有其报偿"的例证。

他用干胶片把那张招帖粘在墙上以后,把她当天活动所得的单据锁进小橱里去——一边不住笑着,因她营业能干而满心高兴。这时候她回来了,坐下吃茶点,茶已经摆在一张小桌子上等着她呢。她说两个不列颠小少爷正在马车房里玩耍,由一个叫贝特西的照料着,又说小克莱姆睡得"像一幅画"。这是一个小小的酒吧间,很整洁,照例也摆满了瓶子和杯子,有一口安静的钟,准确得一分也不差(这会儿正是五点半）;一切都井然有序,一切都给摩擦得精光锃亮透了顶。

"我说呀,今天呀我这是头一回安安静静坐下啦。"不列颠太太说着深深吸了一口气,就好像她要坐一夜似的;可又马上站起来,把茶递给她的丈夫,替他切面包,涂上黄油,"这张招贴叫我想起了多少往事啊!"

"唉!"不列颠先生说,他像抓着一只牡蛎似的拿起他的碟子,接着也按这同样的原理,处理了碟子里的东西。

"就是这同一个迈克尔·沃顿先生哪,"克莱门希一边说一边朝着那张拍卖广告摇头,"把我那老差使给弄丢了。"

"还让你得了个丈夫。"不列颠先生说。

"好呀！确是他干的，"克莱门希回嘴说，"而且真感谢他呀。"

"人类确是由习惯支配的动物，"不列颠先生的眼光越过他手中的碟子端详着她，说，"那时不知怎的我已经和你相处惯了，克莱姆；我发觉自己没了你就没法过活。所以我们俩就成了夫妻啦。哈！哈！我们俩！谁想得到呢！"

"是呀，谁想得到！"克莱门希嚷道，"你那样待我真是好啊，本。"

"不，不，不，"不列颠先生回答说，他这时的神态是克制着自己，"这事不值一提。"

"哦！值得的，本，"他的太太极其单纯

地说,"我真的是这么想的,我也非常感激你。唉!"说着又看了看那张招贴,"等到他们知道她已经走了,而且已经追不上了,那可爱的孩子啊,我忍不住——为了她的缘故,同样也为了他们的缘故——把我所知道的事情讲了出来,叫我怎么忍得住呢?"

"不管怎样,你讲出来了。"她的丈夫说。

"于是杰德勒医生,"克莱门希接着说下去,放下了茶杯,瞅着那张招贴沉思着,"悲愤交加,一怒之下把我撵出了那幢房子,也就是撵出了我的家!我向他没说一句生气的话,对他也没怀丝毫怨气,甚至在当时也是这样的——为此我平生对自己从没这么满意过,因为他后来真的后悔了。他多少次坐在这间屋子里,一遍又一遍地说他对自己那种行动很抱歉呢!——最近的一次就在昨天,当时你不在家。多少次他坐在这间屋子里对我讲这讲那的,一谈就是好几个小时,而且假装着他对那些事是感兴趣的!可是事实上只是为了回忆已经过去了的日子呀,而且他又知道他过去是喜欢我的,本!"

"嗨,你怎么竟然会感觉到这一点的,克莱姆?"她的丈夫问道,对于一件在他好奇的心中只模模糊糊地浮现过的事实真相,她对之却会有这么清楚的洞察力,这叫他大为惊讶。

"我真不知道呀,"克莱门希一边说,一边吹着茶,要把茶晚凉些,"天哪,你就是赏我一百镑，我也没法告诉你。"

要不是她这会儿瞥见有一件实质的物体在他背后的话，他可能会对这个玄妙的问题滔滔不绝地谈一会儿的。那物体像是一个戴孝的绅士，身披大氅，足蹬皮靴，一身骑马打扮，站在酒吧间门口。这个人似乎聚精会神地听着他们的谈话，简直不想打断它呢。

克莱门希一看见他就忙不迭站起身来。不列颠先生也站起来招呼那客人了："请上楼，先生。楼上有一个非常好的房间，先生。"

"谢谢你，"那陌生人一边热诚地望着不列颠先生的太太，一边说，"我可以走进这里来吗？"

"当然可以的，如果你喜欢的话，先生。"克莱门希说着便接纳了他，"请问先生要来点儿什么？"

那张招贴引起他的注意，他在念了。

"是很精彩的产业，先生。"不列颠先生说道。

他没有回答；但是，他念完那招贴以后，转过身子来，又用先前那种仔细观察的眼光盯着克莱门希。"你刚才问我——"他开腔了，依然望着她。

"请问先生要来点儿什么？"克莱门希回答时偷偷回看他一眼。

"如果你能给我一点啤酒，"他说着向靠窗

的一张桌子走去，"能让我在这儿喝，同时又不打扰你们吃饭的话，那我就感激得很了。"

他说着便坐下，不再跟他们打交道，只顾望着窗外的景色。他是个正在壮年、身体结实、态度温和的男子汉。他的面孔晒得黝黑，压着一头厚厚的黑发，留着一小撮胡子。酒摆在他面前以后，他倒了一杯，心情愉快地为他们的房子干杯；放下酒杯时，他说：

"这是新盖的房子吧？"

"不怎样新了，先生。"不列颠先生答道。

"有五到六年了。"克莱门希说道，她把这句话说得十分清晰。

"我想，我进屋来的时候听见你提到杰德

勒医生的名字,"那个生客问道,"这张招贴使我想起了他;我风闻过那件事,也听见某些熟人谈起过;因此我稍微知道一些——那位老人还活着吗?"

"活着,他还活着,先生。"克莱门希说。

"变得很厉害吗?"

"你指的是打什么时候以后,先生?"克莱门希这样回话时,她的语气非常强调,神态也不同寻常。

"他的女儿——走了以后。"

"变了!打那以后他大大地变了。"克莱门希说,"头发白了,人老了,简直完全变了个人。不过我想他现在很快活了。打那时起,他跟他的妹妹和好了,而且常常去看她。当时他这样做,马上对他有了好处。起先,他悲痛欲绝,简直垮了,见他那样精神恍惚,到处徘徊,咒骂着人世,就够叫你心碎的;但是一两年以后,他起了大变化,是好转了,接着他开始喜欢谈他那失踪了的女儿,开始赞扬她了,是啊,也赞扬人世了!还总是在他那可怜的眼里含着泪水,永不厌倦地说她多么美丽,多么好。那时候他已经宽恕她了。那约莫也是格雷丝小姐结婚的时候。不列颠,你记得吗?"

不列颠先生对这事是记得一清二楚的。

"那么那位姐姐现在已经结婚啦,"那生客说,他踌躇了一会儿,才问道,"跟谁结婚的?"

克莱门希听到这句问话非常激动,差点儿把茶盘给打翻了。

"你真没听说过吗?"她说。

"我想听一听。"他答道,便又斟满了酒杯,把它举到唇边。

"唉!如果要认真地谈,真是说来话长啦。"克莱门希说。她的左手掌托着下巴,右手支住左手肘,摇了摇头。回顾着这些年以来的事,好像是凝视着一堆火似的。"真是说起来话长呀!"

"简略地谈一谈吧。"那客人建议道。

"简略地谈一谈,"克莱门希跟着他重复一遍,听那声调,她依然沉浸在深思之中,似乎说这话与她无关，也没意识到有人在听她说话，"有什么可谈的呢？他们俩在一起伤心，在一起怀念她，好像哀悼着一个死人似的；他们俩为她担尽忧虑，决不责怪她；他俩彼此使对方回想起她往昔那个样儿，还为她做种种辩解！这一切大家都知道啊。我确实也知道。而且没有人比我更清楚啊。"克莱门希又说道，同时用手抹着眼睛。

"于是——"那客人又给她提个头，引她说下去。

"于是，"克莱门希机械地跟了一句，她的态度和姿势还是那样，毫无变化，"他们俩终于结了婚。他们是在她的生日结婚的——明天又是她的生日啦——静静的毫无铺张,简单而朴素,但是很快活。有一天晚上,他们在果园里散步时,艾尔弗雷德先生说:'格雷丝,我们在玛丽安生日那天结婚好不好?'于是就这样办了。"

"而且他们一块儿过得很快活,是吗?"客人说。

"是啊,"克莱门希说,"从没有哪一对比他们更快活的了。他们除了这件事,没有别的伤心事了。"

她抬起头来,好像突然之间注意到自己在其中回顾那些往事的当时那个环境,接着就很快地朝那客人望了一眼。她看见他的脸朝着窗子，像是要瞧瞧窗外的景色，便急切地向她的丈夫示意，指指那张招贴，又扭扭嘴唇。她好像使着极大的劲，一遍又一遍地对他说一个字，或者是说一个句子。由于她没有发出声音，又由于她那哑巴动作跟她平时大部分的姿态一样，是属于那种很不平凡的一类，这不可解的举动就使得不列颠先生陷入绝望的境地。他瞪眼盯着桌子，又盯着那客人，盯着那些匙子，又盯着他的妻子——带着不胜惊讶和困惑不解的神色，看着她所演的哑剧——他采用了和她同样的语言问她：是说他们的财产遭到了威胁呢，还是说他正处在危险之中呢，或者指的是她吗——他又用表示自己担忧并且慌乱到极点的动作向她示意作答——注视着她的嘴唇的每一扭动——凭自己的猜测半出声地念着"牛奶和水""按月警告""老鼠和胡桃"——可就无法猜出她的意思。

克莱门希终于看到这个尝试是白费劲,也就放弃了;于是把自己的椅子缓慢地逐渐挪得靠那客人近些,然后坐了下来,看上去她是眼睛下垂着,可却不时用敏锐的目光向他看一两眼,等着他再问其他问题。然而她无须久等,因为不多一会儿他又开口了:

"那么那位出走的年轻小姐后来怎么样了?我想,他们是知道的吧?"

克莱门希摇了摇头。"我听说,"她说,"人家认为杰德勒医生所知道的要比他讲出来的多呢。格雷丝小姐接到她妹妹一些信,信里说她很好,也很快活,说她姐姐跟艾尔弗雷德先生结了婚,这使她更快活;格雷丝小姐也回了信。但是究竟她生活得怎么样,经济情况怎么样,则完全是个谜,这个,直到目前这会儿,还一点儿也不清楚,而这个——"

说到这儿她的声音打战,说不成话,便停了下来。

"而这个——"那客人跟着说。

"这个,我认为只有另一个人能够解释。"克莱门希急促地吸了一口气,说。

"谁呢?"客人问。

"迈克尔·沃顿先生呀!"克莱门希回答时几乎是尖声喊叫着;这立刻使她的丈夫领悟了她刚才所要他明白的事,同时也让迈克尔·沃顿知道自己已给人认出来了。

"你记得我吗,先生?"克莱门希说,她激动得直哆嗦,"我刚才就看出你是记得的!你记得我,那天晚上在花园里。那时我和她在一起的!"

"对。是你。"他说。

"就是啦,先生,"克莱门希答道,"啊,真是呀。请让我介绍,这是我的丈夫。本,我亲爱的本,跑去找格雷丝小姐——跑去找艾尔弗雷德先生——跑到随便哪儿去呀,本!去带人来呀,快!"

"等一等!"迈克尔·沃顿说,他静静地走过去挡在门和不列颠之间,"你要怎么啦?"

"让他们知道你在这儿呀,先生。"克莱门希答道,这时她的情绪极度激动,连连搓起手掌来,"让他们知道他们可以从你的口中,听见她的消息;让他们知道他们不是就这么失去了她,她还要回家来的——回家来祈求神赐福给她的父亲和她亲爱的姐姐——甚至也给她的老仆人,甚至我哇。"她双手捶着胸口,"可以看看她那可爱的面孔啦。跑去,本,跑呀!"她仍然把他朝门口推去,沃顿先生也仍然站在门那儿,伸出两手拦着,可是他并非怒气冲冲,而是神情悲伤。

"或者，也许呀，"克莱门希说着在她的丈夫跟前跑过，激动得死命抓住沃顿先生的大氅不放，"也许这会儿她已在这儿；也许她就在附近。我从你的态度看出她已经来了。先生，请让我见见她啊。她还是个小孩的时候，已经由我陪伴照看着。我看着她长大，成为这一带最引以为骄傲的姑娘。她是艾尔弗雷德的未婚妻时，我对她就是了解的。你引诱她出走的时候，我竭力告诫过她。以前她像是她家的灵魂时，那个家是什么样儿我是知道的。她走了，失踪了，那个家起了怎么样的变化，我也知道。请让我跟她说句话啊！"

他凝视着她,同情她,也感到惊讶,然而并没有同意的表示。

"我看她断断不会知道,"克莱门希接下去说,"他们是怎样真心宽恕她;他们多么爱她;再一次看到她,他们会多么高兴。她可能怕回家去。也许她见了我,可以使她的心情起变化。但是你得老实告诉我,沃顿先生,她是和你在一起吗?"

"没有。"他答道,摇着头。

这句答话和他的态度,他的一身黑衣服,又是那样悄悄地回来,公告上还说意欲继续居留国外,这一切已经说明问题了。玛丽安死了。

他对她没表示否认;哎呀,她一定死了!

克莱门希坐了下来,伏在桌子上哭了。

正在这时,一个白发老人跑着进屋来,上气不接下气,喘得连他说话的声音几乎叫人都听不出是斯尼奇先生的了。

"天哪,沃顿先生!"那律师说着把他扯到一旁,"什么风把你吹——"倒是他自己给吹①得怎么也说不下去了,于是歇了一下,然后声音微弱地接着说,"到这儿来的呀?"

"我怕是一阵恶风呢,"他回答,"你要能

---

① 原文为:"'What wind has blown——' He was so blown himself, that he couldn't get on any further". 作者在此幽默地用两个 blown, 为了忠实于原文, 就将后一个 blown 也译作"吹", 而实际上在此句中的"was blown"意指"气喘"。

听到人家才说过的一番话就好啦——人家怎样苦苦恳求我去做我根本就不可能办到的事——我带来了多少混乱和苦恼!"

"这一切我完全想得到。可是你又为什么要上这儿来呢,我的好先生呀?"斯尼奇反驳道。

"上这儿来!我怎么知道谁开这爿店的呢?我打发我的仆人到你那儿去以后,我就信步走进这爿店,因为我从没见过这地方。我对旧日环境中无论是新是旧的事物都感到好奇,这是很自然的;而且这里又是城外。再说,我在那边出现之前,得先跟你取得联系。我要知道人家对我会说些什么话。从你的态度,我知道你能告诉我。我要没听取你们那该死的告诫该多好呀！那样，我早就有了一切了。"

"我们的告诫！"那律师回答，"我要代表我本人和已故的克雷格斯说几句，"说到这儿，斯尼奇先生向他的帽边上的那圈丝带瞥了一眼，又摇了摇头，"你这样责怪我们，合理吗，沃顿先生？当时是经我们双方同意对这问题永不再提的呀，也说过像这样的问题可不是我们这样严肃庄重的人所能干预的（当时我就记下了你的话的）。我们的告诫也是这样！先生，克雷格斯满怀信心走进他那可敬的坟墓时——"

"我曾郑重答应过，不论我什么时候再回

来，非到那时候，我都得保持沉默，"沃顿先生打断他的话，插嘴说，"而我是遵守了这诺言的。"

"好，先生，我要再说一遍，"斯尼奇先生这样应对道，"我们也一定得保持沉默呢。我们必须保持沉默，为的是对我们自己负责，为的是对包括你在内的形形色色的当事人负责，而他们的嘴可紧得像封上了蜡似的。像这样微妙的一个问题，我们是无权向你查问的。我原来就有点怀疑的，先生；不过一直到六个月前我才知道了真相，才确知你失去了她。"

"谁告诉你的？"他的当事人问道。

"是杰德勒医生本人呀，先生，他终于自

动地向我吐露了那秘密。这许多年以来，他，只有他一个人，知道整个事情的真相。"

"那么你是知道的了？"他的当事人说。

"知道的，先生！"斯尼奇回答，"而且我也有理由知道，这事明天晚上就要向她的姐姐透露了。他们这么答应过她的。同时呢，既然你自己的家并没有料到你要回去，那么也许你肯光临寒舍小住。不过，虽然你确实变化很大，连我都可能没注意到是你呢，但是，为了不冒万一你被人认出的风险（那一来你又要遭到像刚才在这儿那样的留难），沃顿先生，我们最好还是在这儿吃了晚饭，夜里再上我家去。这儿是吃饭的好地方呀，沃顿先生，我还要顺便提一句，这儿还是你自己的产业哩。本人和克雷格斯（已故了的）过去有时也在这儿吃排骨呢，那可就是好吃。我说呀，先生，克雷格斯先生，"斯尼奇说到这里紧紧闭上眼睛；一会儿又睁开，"就这么从人生名册上除了名，未免太早啦。"

"上苍宽恕我没向你表示哀悼，"迈克尔·沃顿应对道，一边举起手抹一抹额头，"可是眼前我像是在梦中。我似乎头脑不大清醒哪。克雷格斯先生——对啊——我们失去克雷格斯先生，我实在感到十分遗憾啊。"不过说这话时，他的眼睛却是望着克莱门希的，他似乎对正在安慰她的本深表同情。

"先生呀,我觉得遗憾的是,"斯尼奇说,"克雷格斯先生的生命并不像他的理论所说的那么容易获得,那么容易保持,要不然他这会儿该会和我们在一起的。对我来说,这可是莫大的损失哪。他是我的右臂,我的右腿,我的右耳,我的右眼,克雷格斯先生就是这些呀。没了他,我瘫痪了。他把他的股份遗赠给克雷格斯太太,他的遗嘱执行人,遗产管理人以及受让人。他的名字直到目前仍保存在公司里。有时我有点傻气,还要当他还活着。你也许注意到我还代表本人和(过世的)克雷格斯说话,先生呀,他过世啦。"这位软心肠的律师说着把手帕挥了一下。

迈克尔·沃顿则依然一直注意着克莱门希，等到斯尼奇说完这席话，他便朝斯尼奇转过身去，凑着他的耳朵，低声说了一阵子话。

"唉，可怜的人儿！"斯尼奇摇摇头说，"是呀，她对玛丽安总是非常忠实的，她始终疼着玛丽安。美丽的玛丽安！可怜的玛丽安！别难过啦，太太——要知道，你已经结了婚了，克莱门希。"

克莱门希只是叹了口气，摇了摇头。

"好吧，好吧！等到明天吧！"律师仁慈地说。

"明天也不能把死人变活人的呀，先生。"克莱门希抽抽噎噎地说。

"不能，它不能，否则它会把过世了的克雷格斯先生带回来啦，"律师答道，"不过明天能带来抚慰人的情况，能带来安慰呀。等到明天吧！"

于是克莱门希便握了一下他向她伸出的手，说她就等到明天再说吧；而不列颠呢，先前见他的老婆无精打采（就像是生意萧条似的），他的心情异常沮丧，这会儿也说，这样是对的。斯尼奇先生和迈克尔·沃顿就跑上楼去了；不一会儿他们就小心翼翼地密谈起来。那时候，只听得碗碟相碰的叮当声，煎锅中发出的嘶嘶声，上了盖的深锅里的噗噗声，烤肉铁叉低沉单调的旋转声——不时突然咔嗒一声把人吓一跳,好像它在一阵眩晕中,头部遭到了致命的事故似的——还有厨房里给他们准备晚餐的所有其他声响,而他们的窃窃私语声被淹没在其中,一点儿也听不见了。

第二天是一个阳光灿烂的恬静的日子;再没有一个地方的秋色比得上这位医生的住宅里美丽幽静的果园了。自从她出奔以后,曾有多少个冬夜的积雪在这片地上融化;又有多少个夏日的残叶在这儿沙沙作响啊!覆盖着忍冬草的门廊重又青翠了,树木在青草地上投下了大片大片的不断变化着的阴影,景色宁静明朗一如以往;可是她在哪儿啊!

不在这儿呀。不在这儿呀。如今在她旧日的家中，她要是出现该会显得陌生的，甚至比当初这个家缺了她那时的光景更使人感到陌生。可是有一位夫人坐在那个熟悉的地方，她从来没有从这位夫人的心中消失，她活在她的忠诚的记忆之中，丝毫没变，还是那样年轻，并且因满有指望而闪耀着光芒；在这位夫人的爱中——如今已经是母爱了，这会儿正有一个珍爱的小女儿倚在她身旁玩着——她没有竞争的人，也没有后继的人；这会儿，夫人温柔的嘴唇正颤动着，叫着她的名字呢。

失踪了的那位少女的精神从那双眼睛中流露出来了。那是她的姐姐格雷丝的眼睛，她这时正和她的丈夫坐在果园里。今天是他们的结婚纪念日,也是玛丽安和她的丈夫的生日。

　　他并没有成为一个大人物;也没有成为富翁;他没有忘怀他青年时代的情景和朋友们;也没有实现那位医生旧日的预言的任何一句。但是他悄悄地访问着穷苦人家,帮助他们,始终坚忍不拔;他护理着病人;他天天见识到像鲜花似的点缀着世间偏僻的道路上的温柔和善良,在贫困的沉重的脚下,它们并没有被踩毁,却从那足迹上灵活地弹起来,一路美不胜收。如此年复一年,他对于自己原来信仰的真理,有了更深的认识,也获得了更有力的证实。虽然他的生活方式是静默而低微,却向他显示了,人们怎样一如往昔依旧常常在无意中款待着天使;那些似乎最不可能有的外形——甚至有的看上去卑贱而丑陋,穿得破烂不堪的——又怎样受到悲痛、匮乏、苦恼的照射而光辉灿烂,转而成为头上有光轮的神灵。

他住在这个变了样的战场上,比之于在更具雄心的竞技场上永不安宁地竞争,也许要生活得更有意义些;而且他跟他的妻子——亲爱的格雷丝在一起,十分快活。

至于玛丽安,他已经把她忘了吗?

"亲爱的格雷丝,打那以后,"他说,"时间飞逝过去了。"他们曾经谈着那一夜的事;"然而似乎是很久很久以前的事了。我们是用我们中间的变化和经历来计算，而不是用岁月来计算时间的。"

"然而我们也可以用岁月来计算玛丽安什么时候离开我们的，"格雷丝回答，"亲爱的丈夫，把今晚也算在内，有六周年啦。咱们俩在她的生日那天坐在这儿，交谈着她再回到家里来的快乐，我们已望眼欲穿，可那日子却迟迟不来。唉，究竟什么时候回来呢？究竟什么时候回来呢？"

她的丈夫关切地看着她，她此时已热泪盈眶，他向她挨近了些，说：

"可是，亲爱的，玛丽安在你的桌子上留下的那封告别信已经告诉你，一定得等过了许多年以后她才能够回来,那封信你已经看过多少次了呀!她不是这么说的吗?"

她从胸口取出一封信,吻了一下,说:"她是这么说的。"

"她说在这期间的岁月里,不管她有多么幸福,她总是盼望着你们再相会的日子的到来,那时候一切就都明白了;还说她请求你要深信不疑,带着期待的心盼望着。信上是这么写的,不是吗,亲爱的?"

"是的,艾尔弗雷德。"

"那以后其他的每封信都这么说吗?"

"除了最后那一封——几个月前写的了——在那封信里她提到了你,提到了你当时已经知道的事,还提到今晚要让我明白一件事。"

他望着这时正在迅速地西沉的太阳,接着说约定的时间是日落时分。

"艾尔弗雷德!"格雷丝热切地把手搁到他的肩膀上,说道,"在这封信里——这封多年前的信,也就是你说我常看的这封信里,有件事我从没告诉你。可是,今晚呀,亲爱的丈夫,眼看日落时分即将来临,我们的生命也似乎都随着正在消逝的日子变得柔和了,寂静下来了,现在我不能再保守秘密了。"

"是什么事呢,亲爱的?"

"玛丽安出走的时候,她在这封信里对我

说,以前你曾一度把她郑重地交托给我,她要照样把你,艾尔弗雷德,交托给我;又说她相信(她还说她知道会这样),等你当时刚受的创伤愈合以后,你会把爱情转移给我;她说既然我爱她,也爱你,她恳求我不要拒绝你的爱情,恳求我要鼓励你这样做,还要我以爱回报你。"

"——还要你使我再次成为一个可以自豪而快乐的人,格雷丝。她这样说吗?"

"她有意要让我在你的爱中得到幸福和荣耀。"这是他的妻子的答复,这时他已经拥抱着她了。

"听我说,我亲爱的!"他说——"不。

要这样听着!"他一边说一边温柔地把她抬起的头再按在他自己的肩膀上,"我明白为什么直到现在我从没听说过信中这一段话的原因了。我也明白为什么在你当时的任何话语或神态中从没流露出这段话的丝毫痕迹了。我明白虽然格雷丝是我的非常真诚的朋友,为什么却又那么难以争取她成为我的妻子。亲爱的,明白了这一切,我也就明白拥抱在我怀中的这颗心的无以估计的价值,如此丰盛的占有,我要感谢上帝啊!"

他把她紧贴在他的胸口抱着,这时她哭了,但是并非由于悲伤。一会儿工夫后,他朝下望着那小孩,她坐在他们脚旁正玩着一小篮花朵,他便叫她看太阳是多么金光四射，又是多么红艳。

"艾尔弗雷德，"格雷丝听见这话，连忙抬起头来，说道，"太阳快要落山了。你没忘记在日落以前要让我知道的事呀。"

"要让你知道玛丽安的往事的真相，我的爱。"他回答。

"全部真相，"她恳求道，"什么也别再瞒我了。这是约定了的，不是吗？"

"是的。"他回答。

"约定的时间是在玛丽安生日这一天的日落时分之前。你看见吗，艾尔弗雷德？太阳正在很快地往下沉呢。"

他伸出手臂搂住她的腰,镇定地盯着她的眼睛,回答道:

"那保留了这么久的真相不是由我来揭露的,亲爱的格雷丝。那是要由别人来说的。"

"由别人说!"她有气无力地跟了一句。

"是的。我了解你那颗永恒不变的心,我知道你是多么勇敢,我也知道,对于你,只要说一句让你做好思想准备的话就足够了。你说得对,时间已经到了。是到了。告诉我,你现在是刚毅的,承受得了一次考验——一次惊讶—— 一次震惊;那么,使者已经等在门前了。"

"什么使者?"她说,"他带来什么消息呀?"

"我答应只说这些的。"他这样回答她，仍旧保持着他那坚定的神态，"你想你明白我吗？"

"我害怕去想呀。"她说。

尽管他的目光仍是坚定的，他的表情却显得很激动，她不由得惊恐起来。她又把脸伏在他的肩膀上，哆嗦着，请求他等一会儿再走。

"鼓起勇气来，我的妻！你什么时候坚强起来，能接见那使者。那使者就等在门前。玛丽安生日这一天的太阳已经在下山了。鼓起勇气来，鼓起勇气来呀，格雷丝！"

她抬起了头，望着他，对他说她已准备好了。她站在那儿，看着他走掉，那时候她的面容酷似玛丽安出走前不久的面容，真是奇妙极了。他把孩子带走，她却把孩子叫回来，紧抱在怀里——孩子取的是那个失踪的少女的名字——她一松手，那小东西就飞奔着追随他去了，于是格雷丝独自留下来。

她不知道自己害怕什么，也不知道自己希望什么；她仍留在原处，一动不动，眼睛盯着他们在那儿消失了的那个门廊。

啊！那是什么呀——从门廊的阴影中出现，又站在门廊的门槛上的是什么呀！那个隐隐约约的人影，身上的白色外衣在夜风中沙沙作响；那个人影的头垂着，依偎在她父亲的胸前，紧紧贴着他那颗充满着爱的心！啊，天哪！

那是个幻象吗——它突然离开那老人的怀抱,发出一声叫喊,挥着双手,在漫无边际的爱中狂热地向她猛冲过来,落进了她的怀抱中!

"啊,玛丽安呀,玛丽安!啊,我的妹妹呀!啊,我最亲爱的!真是无以言喻的快乐和幸福啊!这样重逢了!"

这不是一场梦,不是由希望和恐惧所形成的幻象,而真是玛丽安,可爱的玛丽安呀!她是这样的美丽,这样的快乐,这样没受忧虑苦恼的干扰,她的美是这样的超凡脱俗,见了她那仰着的脸蛋儿在斜阳辉煌的光辉中,使人以为她该是身负调解使命,降临人世的一位神灵哩!

她的姐姐倒在一张椅子上,身子向她俯着。她紧偎着姐姐,带着盈眶的泪水微笑着,挨着姐姐跪下,双臂搂着她,两眼一刻也不离开她的脸。斜阳的光辉映在玛丽安的额上,傍晚的温和的幽静渐渐向她们身旁聚拢来——玛丽安终于打破了寂静;她的嗓音是那么平静、低沉、清晰而愉快,跟这时分正相和谐。

"过去这里曾是我亲爱的家,格雷丝啊,今后它重又是啦!那时候——"

"等一等,我的爱!等一会儿!啊,玛丽安,要听你再说一遍。"起先她对这个她爱极了的嗓音简直受不了。

"过去这里曾是我亲爱的家,格雷丝啊,

今后它重又是我的家啦!那时候我是以我的整个心灵爱着他。我爱他爱到极点。虽然当时我那么年轻,我却是能够为他而死的。在我的内心深处,我从没一瞬间忽略他的爱情——它对我是无可估量的珍贵。尽管这是那么久以前的事,已经过去了,一去不复返了,一切都完全变了,然而我仍然受不了,如果你——那么深情的你,还以为我不曾真诚地爱过他。格雷丝啊,当他在与此同一日子,离开与此同一地点的那天,我从来没有比当时更爱他的了。亲爱的,我离开这儿的那一夜,我对他的爱情更达到空前的炽热了。"

她的姐姐俯身向着她,这样她可以定睛看

清她的脸,也可以紧紧抱着她。

"但是他在不知不觉中赢得了另一颗心,"玛丽安温柔地笑了笑,说,"那是在我发觉自己爱上了他之前。这颗心——是你的心哪,姐姐啊!——是那么忠诚,那么崇高,它把其他的一切温柔都倾注在我身上,竟至为了我还排斥自己的爱情,把这个秘密瞒过了所有人的眼睛,可却没能瞒过我的眼睛——啊!那双眼睛因为柔情和感激而多么激动啊!这颗心竟至心甘情愿为我牺牲了自己!然而,对于这颗心的深处的状况我是了解的。我了解它所作过的斗争。我明白这颗心对于他有着珍贵得无法估计的价值;我也明白他对这颗心的赏识——它让他随心所欲地爱着我。我知道自己从这颗心所受的恩惠。每天它在我眼前起着伟大的示范作用。格雷丝啊，你为我所做的一切，只要我愿意，我也能为你做，这我是知道的。没有一天，我在把头搁在枕头上之前，不是先流着泪祈祷。没有一天，我在把头搁在枕头上之前，不是先想到艾尔弗雷德临别那天所说的话——他说得多么对啊，我了解你，所以我知道他说得对！他说在斗争着的心中，每天战果累累，对这样的心来说，这些战场是算不了什么的。想到在他所说的那场斗争中，每天，每小时，一定有着极大的苦楚被心甘情愿地忍受了，这一切根本就没人知道，也没人关怀；我这样想了又想，就感到自己的考验似乎越发轻松而并不难以忍受了。我最亲爱的人儿啊,那位这会儿也明察我们的心的上帝,他知道我的心中没有丝毫痛苦或悲伤——没有为任何事所感到的痛苦或悲伤,而只有纯粹的快乐;过去是上帝给我力量,使我下定决心,决不做艾尔弗雷德的妻子;使我决定他应该成为我的哥哥,同时,如果我所采取的行动能带来这样可喜的结果的话,他还应该成为你的丈夫,但我决不做他的妻子啊!格雷丝啊,我那时非常、非常爱他的呢!"

"哦,玛丽安!哦,玛丽安!"

"我曾竭力装出对他冷淡的样子,"她把姐姐的脸腮紧贴着自己的脸腮,"那可真难呀,而你又总是那么忠实地支持他，我曾试想把我的决心告诉你，但是你绝不会同意的，你绝不会了解我。他回来的日子又一天天近了。我认为我必须赶在我跟他重新开始天天接触之前行动起来。我知道在当时忍受那一下沉重的打击，对我们大家都可避免日后长期的极大痛苦。我知道如果我当时出走，那样的结果一定会随之而来，而事实上也随之而来了，而且又使我们俩都快活极了，格雷丝！那时我写了封信给好姑妈玛莎，要求让我在她家里避一避；我当时没把全部事情告诉她，只谈了些我的事，她就一口答应了。当我正为我自己，为我对你的爱，又为我对这个家的爱而琢磨着这个步骤，思想斗争着的时候,沃顿先生偶然来到了这儿,有一段时候成了我们的朋友。"

"近几年来,我有时候就担心可能发生这么回事,"她的姐姐惊叫了起来,脸色顿时变成灰白色,"你根本就不爱他,却嫁给他,为我作了自我牺牲!"

"当时他——"她把她的姐姐拉过来,更靠近自己一些,说道,"正要悄悄地离开一长段时间。他走了以后写信给我,把他当时的状况和预期的前景,一五一十都告诉了我;他向我求婚。他说他看出我对艾尔弗雷德要回来感到不快活。我相信他以为我根本没把我的婚约放在心上;也许以为我可能曾经爱过艾尔弗雷德，而那时候已经不爱他了；也许在我竭力要显得冷淡的时候，他还以为我是竭力隐藏着冷淡——我可吃不准他究竟怎么想的。不过那时我希望你感到艾尔弗雷德已经完全失去了我——他对我已经绝望了——等于我已经死了。你了解我吗，我的爱？"

她的姐姐十分关切地定睛望着她，似乎疑惑着。

"我遇见了沃顿先生，信任了他；在我出走的前一晚（他也要在次日离去），我把我的秘密告诉了他。他保守着秘密。你了解我吗，亲爱的？"

格雷丝心慌意乱地望着她，她似乎什么也

没听见。

"我的爱,我的姐姐!"玛丽安说,"集中一下你的思想呀,听我说呀。不要用这么奇怪的眼光望着我。最亲爱的,在世界上,有些地方,有些人,要断绝自己误用了的热情,或者要抵制他们内心的情感,要征服那种情感,他们便隐居起来,跟外界完全隔绝,永远与世隔绝,永远割断世俗的爱情和希望。女子们这样做的时候,她们采用的是你我那样亲密的称呼,彼此以姐妹相称。①但是,格雷丝啊,也可以有一些姐妹,在户外那广阔的世界中,在自由

---

① 这里指修道院里的修女。

的天空下,在那些熙熙攘攘的地方,在忙忙碌碌的生活中,她们努力协助着世界,鼓舞着世界,做着好事——她们从中得到了同样的教益;她们的心依然生气勃勃而年轻,而且向所有的幸福和一切形式的幸福敞开着,她们能够说:仗早已打过了,胜利早已赢得了。而我就是这样的一个女子!你现在了解我了吧?"

她仍旧凝视着她,没有回答。

"啊,格雷丝,亲爱的格雷丝,"玛丽安说着更亲切而多情地贴着那她曾经远离了许多年的胸脯,"假如你现在并非一个幸福的妻子和母亲——假如这儿没有一个取了我的名字的小东西——假如我的好哥哥艾尔弗雷德并非你所心爱的丈夫——那么我能从哪里得到我今晚所感到的狂喜呢!而我呢,就像我离开这儿的时候那样,现在又回来了。我的心没有其他的爱情,我的手从来没有离开它而给过任何人①。我仍旧是你的未婚妹妹,没有结婚,没有订婚;仍旧跟过去一样,是你的亲爱的妹妹,唯独你存在于我的爱中,而没有其他的人,格雷丝!"

她现在了解她了。她的神情缓和了下来;啜泣减轻了她的痛苦;她伏在玛丽安的脖子上哭着,哭着,一边爱抚着她,好像她重又是个孩子似的。

---

① 英文中"把手给别人"指的是接受对方的爱情。

她们的心情渐渐平静下来了，这时候她们发现医生和他的妹妹好姑妈玛莎跟艾尔弗雷德一起，正站在近旁。

"这可是个令人沮丧的日子呀，"好姑妈玛莎说道，她含泪微笑着把两个侄女儿抱在怀里，"因为我失去了我亲爱的伴侣，为的使你们大家快活；我把玛丽安给了你们，你们能给我什么作为报答呢？"

"一个转变了的哥哥呀。"医生说。

"这确实是个安慰，"玛莎姑妈回嘴道，"在像这样一个趣剧中——"

"别说了，求你别说了。"医生带着忏悔的神情说。

"好吧,我不说了,"玛莎姑妈答道,"但我认为自己给人利用吃了亏。我不知道没有了我的玛丽安,我的情况会是怎么个样儿,我们已经在一块儿过了六年啦。"

"我认为你该到这儿来住呀,"医生回答说,"现在我们不会吵嘴啦,玛莎。"

"要不然你得结婚啦,姑妈。"艾尔弗雷德说。

"这可真是,"那老妇人回答,"我想如果我挑逗迈克尔·沃顿来向我求婚,那可能是很好的投机呢。我听说他由于当初出走,现在回来在各方面的情况都好多了。可是他还是个小男孩儿的时候,我就已经认得他,当时我已经不太年轻，因此，他可能没有反应也说不定哩。所以我打定主意等玛丽安结了婚我跟她住，在那以前（我想大概不会很久了）我要独个儿过活。你说好吗，哥哥？"

"我极想说这整个世界是荒谬透顶的，在它里面没半点正经事。"可怜的老医生说。

"你如果高兴的话，你可以填写二十份这种保证书，安东尼，"他的妹妹说，"只不过你有着这样一双眼睛，谁也不会相信你有这种想法的。"

"这可是个充满了爱的世界哪！"医生一边说，一边把他的小女儿紧紧抱住，同时向她俯着身子兜过她，把格雷丝也紧紧抱住——因为他拆不开这对姊妹,"确实是个容纳了所有的蠢事的严肃的世界——连我的蠢事也在内,这足以把整个地球给淹没了的;而且它是一个太阳永远不在那里升起的世界,但是,这世界却观看着成千上万的不流血的战役,这些战役有些是为了抵制战场上的苦难和邪恶而发动的;它还是个我们必须加以注意的不可诽谤的世界。上帝宽恕我们啊,因为它是个充满了神圣的奥秘的世界,而只有它的创造者知道那隐藏在他最细小的形象下面的东西哪!"

如果我用我的秃笔来把这个家庭的欢乐,从长久分离到如今重新欢聚,一一加以分析,并且披露给你们，恐怕是不会更合你们的心意的。因此，我不再追述那位可怜的医生如何在他谦卑的回忆中想起当初他失去玛丽安的时候，是多么悲伤。我也不叙述他如何认识到世界是多么认真严肃，认识到世界上有一种根深蒂固的爱，全人类都有着份儿。我也不写那样一桩小事，就像是偌大一笔荒谬的账目中缺少了一个小小的基数一样，如何竟然把他击倒在地。我也不描绘他的妹妹出于对他的悲痛的同情，怎样早就渐渐把真相逐步向他泄露，让他了解他的女儿自动退让的那种心情；又如何把他带到女儿的身边。

后来女儿在同一个年头里也让艾尔弗雷

德·希斯菲尔德知道了真相。然后，玛丽安跟他会面，把他当作自己的哥哥那样，答应他，说在她生日那天傍晚，她将亲自让格雷丝终于明白这一切。关于这些，我也不细谈了。

"对不起，医生，"斯尼奇先生向果园里探着头，说道，"我可以进来吗？"

然而他不等医生回答，自己就噔噔噔走到玛丽安跟前，非常高兴地吻了她的手。

"如果克雷格斯先生还活着的话，我亲爱的玛丽安小姐呀，"斯尼奇先生说，"他对这个时刻会大感兴趣。艾尔弗雷德先生，这可能会使他联想到世事也许并非太容易处理呢；而且，总的说来，我们所能给世人的抚慰，哪怕只有那么一丁点儿,也会受到接纳;不过话还得说回来,克雷格斯先生对于人家的说教是不厌其烦的,先生。他总是愿意服理的。他愿意服理,而我却——这是我的弱点呀。斯尼奇太太,我亲爱的,"——他这样一招呼,那位太太便从后门走了出来,"这里都是你的老朋友呀。"

斯尼奇太太向他们表示祝贺以后,便把她的丈夫拉过一旁。

"要占用你一会儿工夫,斯尼奇先生,"那位太太说,"把死者的骨灰耙起来,这可不是出于我的天性的行动。"

"对,我亲爱的。"她的丈夫回答。

"克雷格斯先生已经——"

"是呀，我亲爱的，他已经去世啦。"斯尼奇先生说道。

"但是我问你，你记得不记得，"他的太太追问道，"开舞会那天晚上，我只问你这个。如果你记得；如果你还没有完全失去你的记忆力，斯尼奇先生；如果你还不是个彻头彻尾的老糊涂；我要求你把现在的光景跟那时的联系起来——回想一下当时我是怎样向你求了又求，向你跪下——"

"你跪下，我亲爱的？"斯尼奇先生说。

"是呀，"斯尼奇太太满怀信心地说，"你知道的呀——我要你提防那个人——让你看他的眼睛——现在你告诉我，我当时那样做究竟对不对，告诉我，那时他究竟是不是知道什么秘密而不肯讲呢？"

"斯尼奇太太，"她的丈夫凑到她耳边回嘴道，"夫人，在我的眼睛里，你察觉到什么没有呀？"

"没有，"斯尼奇太太厉声相答，"别自以为是。"

"太太，我这么说是因为那天晚上，"他骤然扯了一下她的袖子，接着说下去，"可也巧，我们两个人都掌握着秘密，却都不愿意吐露，而且两个人所掌握的又是同一个业务上的秘密哩。因此，对于这种事，你还是少提为妙，斯尼奇太太；也要把这件事引以为戒，以后看问题要考虑得周到一些，宽厚一些。玛丽安小姐呀，我给你带来了一个朋友。来呀！老板娘！"

可怜的克莱门希，她用围裙擦着眼睛，由她的丈夫陪着，慢慢地走进来了；她的丈夫伤心得很，因为他预感到如果她沉湎于悲哀，那片"肉豆蔻擦板"就要从此完蛋了。

"喂，老板娘，"那位律师看见玛丽安朝克莱门希跑去便制止她，自己去站在她们两人之间，"你怎么啦？"

"怎么啦！"可怜的克莱门希哭喊道——这时，她抬起头来，大为惊讶，又显出愤慨的抗议神情，随即不列颠先生激动得爆发出一声叫喊，她看见紧靠在她面前的，是一张自己那样牢记在心的可爱的脸蛋儿；她直瞪着眼睛，哭了，又笑了，嚷了一声，接着尖声叫起来，拥抱她，把她紧紧抱住，又把她放开，直向斯尼奇先生扑去，把他抱住（这使斯尼奇太太老大不高兴哩），又扑到医生身上，拥抱了他，又扑到不列颠先生身上，也拥抱了他，轮到最后，拥抱的是她自己，她还把围裙蒙住头，在围裙底下歇斯底里发作了。

　　斯尼奇先生走进果园里来的时候，一个陌生人也随着进来，他始终独自站在园门附近，这一群人没有一个注意到他；因为他们实在也顾不上再留神什么了，又何况他们仅剩的一点注意力也已经完全让克莱门希的狂喜所吸引住了。他独个儿站着，垂下了眼睛，似乎也并不希望人家看到他。他那沮丧的神态（虽然他是个仪表堂堂的绅士），与大家的欢快的情绪相形之下，就尤为显著了。

然而，只有玛莎姑妈眼快，总算觉察了；而且几乎是她一窥见他，就跟他交谈起来。不多一会儿，她走到玛丽安、格雷丝和跟玛丽安同名的那个小家伙站在一起的地方，在玛丽安耳边嘀咕了几句话，玛丽安吃了一惊，显然感到诧异；但很快就从纷乱中恢复过来，在玛莎姑妈的陪同下，怯生生地走近那个陌生人，也跟他交谈起来了。

这件事正发生着的时候，那位律师伸手到衣袋里，取出一张像是与法律有关的文件，说："不列颠先生，我恭喜你。你如今是那座完全保有地产的住宅的独一无二的业主了——就是目前由你租着开设有执照的小旅馆或者小酒店的地方，大家都管它叫作——或者以'肉豆蔻擦板'招牌而闻名的那座住宅。你的太太由于我的当事人沃顿先生的缘故，失去了一幢住房，如今得到了另一幢房屋。我很乐意在将来哪一个晴朗的早晨，去给你运动一下这一郡的选票。"

"先生，如果招牌有改动，对选票会不会有影响？"不列颠问道。

"毫无影响。"律师回答。

"那么,"不列颠先生把那张财产转让证明书交还给他,说,"劳驾,请你就加上'和顶针箍'这四个字;我要在客厅里漆上这两句格言,来代替我太太的画像。"

"那么让我,"他们身后的一个声音说;是那个陌生人——迈克尔·沃顿的声音,"让我申明这两句铭文的教益吧。希斯菲尔德先生,杰德勒医生,我原可能做出大大对不起你们的事。我之所以没有那样,并非出于我的美德。我要说的不是六年来我聪明了一些,或者好了一些。但是无论如何,我懂得了自我责备这个词儿了。我没有任何理由要求你们温和地对待我。我滥用了这家人的好客热忱;我从我自己的过失得到了教训,为此感到的羞惭我从来没有淡忘;然而,我也因此极其希望从一个人得到好处,"说到这里,他朝玛丽安望了一眼,"当我知道了那个人的德行,同时认识到我自己的卑鄙可耻时,我曾请求她的宽恕。过几天我就要永远离开这儿了。我请求你们原谅我。己所不欲,勿施于人;愿勿念旧恶!"

* * *

这个故事的后半部,我是从时光老人那里听到的。我有幸跟他已经结识了约莫三十五年了。他悠闲地倚在他的长柄大镰刀上告诉我说，迈克尔·沃顿后来再也没有离开那儿，也从来没有卖掉他的房屋，却重新把它打开，并且维持了适宜的中庸之道，还娶了妻子，她是那一带乡间的骄傲和光荣，名为玛丽安。不过，由于我曾看到过时光老人有时偶然也会把事情混淆了，因此我不知道这后半部究竟是否靠得住。

图书在版编目(CIP)数据

人生的战斗/(英)查尔斯·狄更斯著;陈漪译.—北京:人民文学出版社,2016
(狄更斯的圣诞故事)
ISBN 978-7-02-012160-1

Ⅰ.①人… Ⅱ.①查…②陈… Ⅲ.①中篇小说—英国—近代 Ⅳ.①I561.44

中国版本图书馆CIP数据核字(2016)第257226号

责任编辑	张海香 马 博		
装帧设计	陶 雷		
责任印制	史 帅		
出版发行	人民文学出版社	开 本	880毫米×1230毫米 1/64
社 址	北京市朝内大街166号	印 张	4.3125
邮政编码	100705	印 数	1—4000
网 址	http://www.rw-cn.com	版 次	2016年12月北京第1版
印 刷	三河市鑫金马印装有限公司	印 次	2016年12月第1次印刷
经 销	全国新华书店等	书 号	978-7-02-012160-1
字 数	71千字	定 价	61.00元

如有印装质量问题,请与本社图书销售中心调换。电话:010-65233595